U0164081

閱讀鄉土散文

余崇生◎主編

王秋文　林均珈　李威侃◎編輯

••前言••

沉浸在鄉思中

近年來，臺灣文學的研究逐漸受到大家的重視，並且在大學中設置研究所，招收研究生，做了不少有關臺灣文化、文學作家著作的專題研究，而成績都斐然可觀。在境外的文學場域中，臺灣文學也已受到了國際間的重視，不少臺灣作家的作品被選譯為外文，在國際間出版流通，甚至還被選為學術研討會主題並舉行研討會，這些學術活動肯定了臺灣文學作家們在創作上的努力和貢獻。然而回想起當時讀大學時，何謂臺灣文化？什麼是臺灣文學？在腦海中是空白的，只有一種傳統的古典文學。提到這點，我們必須瞭解到當時社會、政治上的一些現況。一九四五年日治結束，臺灣恢復中文教育的工作，並大力的推行，而在文藝創作書寫及表達內容方面都以檢討與變革，奮發圖強，充滿著強烈的政治戰鬥氛圍，因此一些隨國民政府來臺的作家們，只好寫些故鄉記憶之類的文字，其中，一些軍中作家漸漸茁壯，開啟了文壇的新氣象。

當時代的潮流不斷地向前推移，一些舊思維觀念則隨局勢的遷化而改變，尤其是在六十年代興起了現代主義文學，這一文學思想的引進，無形中便取代了當時所謂的反共或懷鄉類型的文學地位。後來，政府開放大陸探親，臺灣的社會受到了更大的激越，接受各方面的改革，而文學型態、社會人文價值的認知等也都起了變化。緊接著，要面對的是多元文化的社會趨勢發展了。就在這樣一個多元文化的發展聲浪中，臺灣鄉土文學開始受到大家的關心和注意，找回臺灣昔日的文學與歷史記憶，從賴和、郭水潭、鍾理和、張我軍、郭楓、施翠峰、許達然、鍾鐵民、吳晟、徐仁修、林文義等推展開來，呈現了多元多采的文學花圃。

至於《閱讀鄉土散文》的編選，當初我們的構想是：首先，到目前為止，尚未有一本較合適中學輔助參考閱讀用的散文類選集，於是就在這種情形下，選錄了一些比較能強調臺灣鄉土特色的文章，作為學生的課輔教材，並做了賞析、難詞語義的詮釋及延伸參考閱讀的指引資料。其次，由於近年來城鄉差距越來越大，人情也逐漸疏離，對環保的意識更是淡薄，所以選集中也選錄了愛護大自然的文章，希望學生在閱讀這些文章後，也能引起這方面的關心和重視。

最後，有關編輯次序方面，我們採取的是以作者的出生年為排序，這樣有個好處，那就是當讀者在閱讀這些文章的同時，也可以瞭解到作者的時代背景，影響所及，一個歷史文化的發展脈絡就自然浮現，這對文章內容的理解也就更為深刻了。選集中，我們共選了 15 位作家，28 篇作品，每篇都做了詳細的閱讀、分析與鑑賞，目的是讓讀者能更容易掌握文章的主旨及特色。這本選集，在編輯上耗費了我們頗長的時間，其中至於文章的導讀詮釋方面，分別由林均珈、王秋文、李威侃及本人負責，相信仍有不夠詳盡的地方，在此盼望讀者們不吝指教，這是我們衷心期盼的。

余崇生

2010 年立春於北市立教育大學勤樸樓。

目　次

賴和

作者簡介

賴和（1894 - 1943），臺灣彰化縣人，原名賴河，筆名有懶雲、甫三、安都生、灰、走街先。本職是醫生，但是卻在文學領域留下盛名，更被公認是臺灣最有代表性的民族詩人之一。賴和不但是臺灣日治時期重要的作家，同時也是臺灣 1930 年代作家所公認的文壇領袖，曾經催生、主編過《臺灣民報》的文藝欄。他用漢詩（漢語古典詩）言志、抒懷，用白話文學作品啟發臺灣人民的國民性。賴和擔任《臺灣民報》文藝欄主編時，對新進作家不斷給予鼓勵和建議，曾受他影響的後進有楊逵、王詩琅、呂赫若、吳濁流、葉石濤等人。已整理賴和重要作品有：《賴和先生全集》、《賴和小說集》、《賴和集》、《賴和全集》、《賴和手稿集》、《賴和影像集》等。

前進

在一個晚上，是黑暗的晚上，暗黑的氣氛，濃濃密密把空間充塞著，不讓星星的光明，漏射到地上；那黑暗雖在幾百層的地底，也是經驗不到，是未曾有過駭人的黑暗。

在這被黑暗所充塞的地上，有倆個被時代母親所遺棄的孩童。他倆的來歷有些不明，不曉得是追慕不返母親的慈愛，自己走出家來，也是不受後母教訓，被逐的前人之子。

他倆不知立的什麼地方，也不知什麼是方向，不知立的地面是否穩固，也不知立的四周是否危險，因為一片暗黑，眼睛已失了作用。

他倆已經忘卻了一切，心裡不懷抱驚恐，也不希求慰安；只有一種的直覺支配著他們，──前進！

他倆感到有一種，不許他們永久立在同一位置的勢力，他倆便也攜著手，堅固地、信賴地、互相提攜，由本能的衝動，向面的所向，那不知去處的前途，移動自己的腳步。前進！盲目地前進！無目的地前進！自然忘記他們行程的遠近，只是前進，互相信賴，互相提攜，為著前進而前進。

他倆沒有尋求光明之路的意識，也沒有走到自由之路的慾望，只是望面的所向而行。礙步的石頭，刺腳的荊棘，陷人的泥澤，溺人的水窪，所有一切前進的阻礙和危險，在這黑暗統治之下，一切被黑暗所同化。他倆也就不感到阻礙的艱難，不懷著危險的恐懼，相忘於黑暗之中。前進！

行行前進，遂亦不受到阻礙，不遇著危險，前進！向著面前不知終極的路上，不停地前進。

在他倆自始就無有要遵著「人類曾經行過之跡」的念頭。在這黑暗之中，竟也沒有行不前進的事，雖遇有些顛蹶[1]，也不能擋止他倆的前進。前進！忘了一切危險而前進。

在這樣黑暗之下，所有一切，盡攝伏在死一般的寂滅裡，只有風先生的慇懃，雨太太的好意，特別為他倆合奏著進行曲；只有這樂聲在這黑暗中歌唱著，要以慰安他倆途中的寂寞，慰勞他倆疲憊的長行。當樂聲低緩幽抑的時，宛然行於清麗的山徑，聽到泉聲和松籟的奏彈；到激昂緊張起來，又恍惚坐在卸帆的舟中，任被狂濤怒波所顛簸，是一曲極盡悲壯的進行曲，他倆雖沁漫在這樣樂聲之中，卻不能稍為興奮，併也不見陶醉，依然步伐整齊地前進，互相提攜走向前去。

不知行有多少時刻，經過幾許途程，忽從風雨合奏的

1 顛蹶（ㄐㄩㄝˊ） 失足而倒在地上。在此比喻處境困窮。

進行曲中，分辨出浩蕩的溪聲。澎澎湃湃如幾千萬顆殞石由空中瀉下。這澎湃聲中，不知流失多少人類所托命的田畑，不知喪葬幾許為人類服務的黑骨頭；但是在黑暗裡，水面的夜光菌也放射不出光明來，溪的廣闊，不知橫亙到何處。

他倆只有前進的衝動催迫著，忘却了溪和水了，忘却一切。他們倆不是「先知」，在這時候眼睛也不能遂其效用。但是他倆竟會自己走到橋上，這在他們自己一點也沒有意識到，只當是前進中一程必經之路，他倆本無分別所行，是道路或非道路，是陸地或溪橋的意志，前進！只有前進，所以也不擔心到，橋梁是否有斷折，橋柱是否有傾斜，不股慄、不內怯，泰然前進，互相提攜而前進，終也渡過彼岸。

前進！前進！他倆不想到休息，但是在他們發達未完成的肉體上，自然沒有這樣力量——現在的人類，還是孱弱[2]的可憐，生理的作用在一程度以外，這不能用意志去抵抗去克制。——他倆疲倦了，思想也漸模糊起來，筋骨已不接受腦的命令，體軀支持不住了，便以身體的重力倒下去，雖然他們猶未忘記了前進，依然向著夢之國的路，繼續他們的行程。這時候風雨也停止進行曲的合奏，黑暗的氣氛愈加濃厚起來，把他倆埋沒在可怕的黑暗之下。

時間的進行，因為空間的黑暗，似也有稍遲緩，經過

2 孱（ㄔㄢˊ）弱　指身體衰弱而不健壯。

了很久，纔見有些白光，已像將到黎明之前。他倆人中的一個，不知是兄哥[3]或小弟，身量雖然較高，筋肉比較的瘦弱的，似是受到較多的勞苦的一人，想為在夢之國的遊行，得了新的刺激，又產生有可供消費的勢力，再回到現實世界，便把眼皮睜開。——因為久慣於暗黑的眼睛，將要失去明視的效力，驟然受到光的刺激，勿起眩暈，非意識地復閉上了眼皮；一瞬之後，覺到大自然已盡改觀，已經看見圓圓的地平線，也分得出處處瀦留[4]的水光，也看得見濃墨一樣高低的樹林，尤其使他喜極而起舞，是為隱約地認出前進的路痕。

他不自禁地踴躍地走向前去，忘記他的伴侶，走過了一段里程，想因為腳有些疲軟，也因為地面的崎嶇，忽然地顛蹶，險些兒跌倒。此刻，他纔感覺到自己是在孤獨地前進，失了以前互相扶倚的伴侶，忽惶回顧，看見映在地上自己的影，以為是他的同伴跟在後頭，他就發出歡喜的呼喊，趕快！光明已在前頭，跟來！趕快！

這幾聲呼喊，揭破死一般的重幕，音響的餘波，放射到地平線以外，掀動了靜止暗黑的氣氛，風雨又調和著節奏，奏起悲壯的進行曲。他的伴侶，猶在戀著夢之國的快樂，讓他獨自一個，行向不知終極的道上。暗黑的氣氛，被風的歌唱所鼓勵，又復濃濃密密屯集起來，眩眼一縷的光明，漸被遮蔽，空間又再恢復到前一樣的暗黑，而且有

3　兄哥　指兄長或哥哥。
4　瀦（ㄓㄨ）留　指水停留蓄積。

漸次濃厚的預示。

失了伴侶的他，孤獨地在黑暗中繼續著前進。

前進！向著那不知到著處的道上。……

——原載於東京出版《臺灣大眾時報創刊號》

作品導讀

在文章的開始作者即全力堆疊黑暗、凝重的氣氛，有如寫懸疑恐怖小說一般，頗能牽引讀者的心理。接著便花了大篇幅來寫這兩位身分可能是為了追尋某個目標，彷彿是被某種力量驅使、追趕而毫無目標不停的前進。作者所描寫的可能不是外在環境有形的壓力，而可能是人內在的無形恐懼。因為他們就連前進的方向都不清楚，就連用來看見光明，給人帶來希望的眼睛，在這個時候都已看不見，只是不懷抱希望，但也不希求慰藉，不為尋求光明，也沒有走向自由之路的渴望，他們也不在乎任何危險的，且只是憑著本能直覺盲目、無目地的前進。在經歷重重磨難，也失去其中一個，也是唯一的一個同志之後，終於讓人看見前方地平線的美好前景。然而這個美景只是短暫的，他很快的又落入無盡的黑暗中，而且這回只剩下他獨自孤零零的一個人，繼續著他無止盡、無目的地的前進路程。雖然主角一再受挫，但他依然不停的繼續走下去，至於目的地是在那裡？雖然「前進！向不知到著處的道上。」這句話可能是作者受困於外在他所不能掌握的黑暗，而吐露出的無助，所以只能盲目地、不停地、無奈地前進，但主角人物有著無比堅定的勇氣與毅力，這件事我們是可以從字裡行間感受到的。

作者藉著一個虛構的故事，以極其沉重、深沉的筆觸來描寫主角的內心世界。有學者將文中伸手不見五指，彷彿無止盡的黑夜比擬為臺灣當時的處境，文中「倆個被時代母親所遺棄的孩童」所比喻的是臺灣文化運動中的左翼與右翼人士，而其中的生母所指的當為中國，而後母所指的當是日本。在賴和的心裡，文壇中的意見雖有不同，然既同為被前後母所遺棄的孤兒便當互相扶持，無論前途多麼茫然、黑暗、艱辛，也應堅強、堅定、勇敢的向前進，超越本身體能上的極限，以求得生路。若讀者能再配合當時的時空環境及政治背景，所加諸作者身上的無助、悲觀意識，再來細讀此篇文章，相信定能從中得到更多的啟示。

（李威侃）

歸家

一件商品，在工場[1]裡設使不合格，還可以改裝再製，一旦搬到市場上，若是不能合用，不稱顧客的意思，就只有永遠被遺棄了。當我在學校畢業是懷抱著怕這被遺棄的心情，很不自安地回到故鄉去。

回家以後有好幾日，不敢出去外面，因為逢到親戚朋友聽到他們：「恭喜！你畢業了」的祝辭，每次都會引起我那被遺棄的恐懼。在先幾日，久別的家庭，有所謂天倫的樂趣，還不覺有怎樣寂寞，後來過慣了，而且家裡的人也各有事做，弟妹們，較大的也各去學校讀書，逗小孩子玩，雖然快樂，但是要我去照管起他們，就有點為難了，當那哄不止地啼哭的時，真不曉得要怎樣好，就不敢對孩子負著責任來，逗他玩又常把他弄哭，這又要受到照管孩子的責任者埋怨，所以守在家裡，已漸漸感到無聊。

十幾年的學生生活，竟使我和故鄉很生疏起來，到外面去，到處都似作客一樣，人們對著我真是客氣，這使我很抱不安，是不是和市場上對一種新出製品不信任一樣嗎？又使我增強了被遺棄的恐懼。

1　工場　指工廠，日語借詞。

我雖然到外鄉去讀書，每年暑假都曾回來一兩個月，為什麼竟會這樣？啊！我想著了，暑假所有學生盡都回來，在鄉里的社會中，另外形成一個團體，娛樂遊戲，儘有伴侶，自然和社會一般人疏隔起來，這次和我同時畢業共有五人，但已不是學生時代無責任的自由身了，不能常常做堆[2]，共作娛樂，而且又是踏進社會的第一步，世人的崇尚嗜好，完全是另一方面，便愈覺社會和自己的中間，隔有一條溝在，愈不敢到外面去，也就愈覺無聊。

在無聊得無可排遣的時候，我想起少時的朋友來，啊！朋友，那些擲干樂[3]、放風箏、捉蟋蟀、拾田螺的遊伴，現在都怎樣了？聽講[4]有的已經死去，死？怎便輪到我們少年身上，但是死却不會引起我什麼感傷，這是無人能夠倖免的。有的在做苦力小販，這些人在公學時代[5]，曾有受過獎賞的，使我羨慕的人，有時在路上相逢，我怕他們內羞難過——在我的思想裡，以為他們是不長進的，才做那下賤的工作——每故意迴避，不料他們反很親密地招呼我，一些也無羞慚的款式[6]，這真使我自愧我的心地狹小。還有幾個人不知得著什麼機會，竟掙到大大的財

2 做堆　指在一起。

3 干樂　指陀螺，為閩南語的擬音詞。

4 聽講　指聽別人講，即聽說之意。

5 在日據時期，日本人對臺灣的教育因身分的不同而有差別待遇。專為日本人而設的小學稱為「小學校」，而臺灣人只能就讀所謂的「公學校」。此時期被稱為公學校時期。

6 款式　指樣子。

產，做起富戶來，有的很上進，竟躋到紳士班裡去，這些人在公學時代，原不是會讀書的，是被看輕過的，但是他們能獲到現在的社會地位的努力，是值得尊敬，所以在路中相逢，我曾去招呼他們過，很想寒暄一下，他們反冷淡地，似不屑輕費寶貴的時間，也似怕被污損了尊嚴，總是匆匆過去，這樣被誤解又使我自笑我的趨媚[7]來。以外還有好些人不曾看見過，善泅水的阿波的英雄氣概，善糊風箏的阿明的滑稽相，尤其是那「父親叫阿爸」的，阿獃的失態，尚在我的回想裡活現著。

在學生時代，每次放假回家，都怕假期易過，不能玩得暢快，時光都在娛樂裡消耗去，世間怎樣是無暇去觀察，這次歸來已不是那樣心情，就覺得這世間，和少時的世間，很是兩樣了，頂變款[8]的就是街上不常聽見小銅鑼的聲音，這使我想起那賣豆花的來，同時也想起排個攤子在路邊賣雙膏潤[9]的，愛和孩子們說笑的賣鹹酸甜[10]的潮州佬，常是排在祖廟口的甘蔗平，夜間那叫賣的聲音，直聽到里外路[11]去的肉粽秋，這幾人料想都死去了，總沒有再看到，只有賣麥芽羹和賣圓仔湯的，猶還是那十幾年前的人。

7 趨媚　即趣味，指笑話，為閩南語的擬音詞。

8 頂變款　指樣子變化最多的。

9 雙糕潤　是屏東東港的名產之一。其製法為：先將糯米漿蒸熟之後，先在上面撒上黑糖再鋪一層糯米，是傳統的手工製造點心。

10 鹹酸甜　為各種蜜餞的泛稱。

11 里外路　以一里外的長路程距離，來泛指長距離。

又有使我不思議的，就是在路上，不看見有較大的兒童，像我們時代，在成群結黨地戰鬧著，調查起它的原因，是達到學齡的兒童，都上公學校去，啊！教育竟這麼普及了？記得我們的時候官廳任怎樣獎勵，百姓們還不愿意[12]，大家都講讀日本書是無路用[13]，為我們所當讀，而且不能不學的，便只有漢文，不意十年來，百姓們的思想竟有了一大變換。

我歸來了這幾日，被我發見著一個使我自己寬心的事實——雖然使家裡的人失望——就是這故鄉，還沒有用我的機會，合用不合用便不成問題，懷抱著那被遺棄的恐懼，也自然消釋，所以也就有到外面的勇氣。

市街已經改正，在不景氣的叫苦中，有這樣建設，也是難得，新築的高大的洋房，和停頓下的破陋家屋，很顯然地象徵著廿世紀的階級對立，市面依然是鬧熱，不斷地有人來來往往，但是以前的大生理[14]，現在都改做零賣的文市[15]，一種聖化這惡俗的街市的人物，表演著真實的世相的乞食[16]，似少去了許多，幾幾乎似曉天的星宿，講古場上，有幾處都坐滿了無事做的閒人。

這個地方的信仰中心，虔誠的進香客的聖域，那間媽

12 不愿意　即不願意。

13 無路用　指沒有用。

14 生理　生意。

15 臺灣民間泛指從事零售業的市場稱為文市，相對於此而言，凡從事批發生意的市場者稱為武市。

16 乞食　指乞丐。

祖廟，被拆得七零八落，「啊！進步了！怎樣[17]故鄉的人，幾時這樣勇敢起來？」我不自禁地漏出了讚歎聲，我打算[18]這是破除迷信的第一著手，問起來才知道要重新改築，完全出我料想之外。又聽講拆起來已經好久了，至今還是荒荒廢廢，這地方的頭兄[19]們，真有建設能力嗎？我又不憚煩地抱著懷疑，這一條路上，平常總有不少乞食，在等待燒金還愿[20]的善男子善女人施捨，這一日在這路上，我看見一個專事驅逐乞食的人，這個人講是食[21]官廳的頭路[22]，難道做乞食也要受許可才行嗎？

聖廟較以前荒廢多了，以前曾充做公學校的假校舍，時有修理，現在單只奉祀聖人，就只有任它去荒廢，又是在尊崇聖道的呼喊裡，這現象不教人感到滑稽？但是一方面不重費後人轟廢的勞力，這地方頭兄們的先見，也值得稱許！

是回家後十數日了，剛好那賣圓仔湯的和賣麥芽羹[23]的，同時把擔子息[24]在祖廟口，我也正在那邊看牆壁上的廣告，他兩人因為沒買賣，也就閒談起來。講起生理的微末難做，同時也吐一些被拿去罰金的不平。我聽了一時高

17 怎樣　指怎麼。
18 打算　指以為。
19 地方的頭兄　指地方上帶頭、領頭的意見領袖。
20 還愿　即還願。
21 食　引申作依靠從事某種行業為生。
22 頭路　指職業，工作。
23 麥芽羹　指麥芽膏，即麥芽糖。
24 息　停。

興，便坐到廟庭的階石上去，加入他們談話的中間。「記得我尚細漢[25]的時候，自我有了記憶，就看你挑這擔子，打著那小銅鑼，朒朒地在街上賣，不知今年有六十歲無？敢無[26]兒子可替你出來賣？」我乘他們講話間歇時，向賣麥芽羹的問。

「六十二歲了，像你囝仔[27]已成大人，我那會不老，兒子雖有兩個，他們有他們的事，我還會勞動，也不能不出來賺些來添頭貼尾[28]。」賣麥芽羹的捫一捫[29]鬚，這樣回答我。

「你！」我轉向賣圓仔湯的，「也有幾個兒子會賺錢了，自己也致著[30]病，不享福幾年何苦呢？」因為他是同住在這條街上，所以我識他較詳一點。

「享福？有福誰不要享，像你太老才可以享福呢，我這樣人只合受苦！」賣圓仔湯的答著，又接講下去，「囝仔賺不成錢，做的零星生理，米柴官廳又當當緊[31]，拖著老命尚且開勿值[32]，享福？」

「現時比起永過[33]一定較好啦，以前一個錢的物，現

25 細漢　指小的時候。
26 敢　難道。
27 像你囝仔　指像你這樣的小孩子。
28 添頭貼尾　指貼補家庭日用支出。
29 捫（ㄇㄣˊ）　指撫觸。
30 致著　指染上、得到。
31 當當緊　指盯的很緊，管的很嚴。
32 開勿值　指收支無法得到平衡，而入不敷出。
33 永過　指以前、從前。

在賣十幾個錢。」

「啊！你講囝仔話，現在十幾個錢，怎比得先前的一個錢，永過是真好！講起就要傷心，我們已無生命，可再過著那樣的日子了！」

「永過實在是真好，沒有現時這樣警察……」

「現在的景況，一年艱苦過一年[34]，單就疾病來講，以前總沒有什麼流行病、傳染病，我們受著風寒一帖藥就好，現在有的病，什麼不是食西藥竟不會好，像我帶[35]這種病一發作總著[36] 注射[37]才會快活，這樣病全都是西醫帶來的。」賣圓仔湯的竟有這樣懷疑。

「哈！也難怪你這樣想，實有好幾種病，是有了西醫才發見的，——你們孩子可曾進過學校無？」

「進學校？講來使人好笑！」賣麥芽羹的講。

「怎樣？」

「我隔壁姓楊的兒子，是學校的畢業生，去幾處店舖學生理，都被辭回來，聽講字目算[38]無一項會，而且常常自己抬起身分，不願去做粗重的工作，現在每日只在數街路石[39]。」

「我早就看透，所以我的囝仔總不教他去進學校，六

34 一年艱苦過一年　指一年比一年難過。
35 帶　指得到、罹患。
36 著　要、必須。
37 注射　指打針。
38 聽講字目算　指聽、講、寫、看，打算盤等工作。
39 數街路石　指閒到只能數街上石頭的無業遊民。

年間記幾句用不著的日本話？」賣圓仔湯的補足[40]著講。

「就是進學校，也無實在要教給我們會。」

「怎樣講用不著？」

「怎樣用得著？」

「在銀行、役場[41]官廳，那一處不是無講國語勿用得[42]嗎？」

「那一種人自然是有路用咯[43]，像你，也是有路用，你有才情，會到頂頭[44]去，不過像我們總是用不著。」

「怎樣？」

「一個囝仔要去食[45]日本頭路，不是央三託四抬身抬勢，那容易；自然是無有我們這樣人的份額[46]，在家裡幾時用著日本話，只有等待巡查來對戶口的時候，用它一半句[47]。」

「你想錯去了，」我想要詳細說明給他聽，「不但如此，六年學校臺灣字一字不識，要寫信就著去央[48]別人。」賣麥芽羹的又搶著去證明進學校的無路用。

「學校不是單單學講話、識字，也要涵養國民

40 補足　指補充。
41 役場　指鄉鎮市公所。
42 勿用得　指不能用。
43 咯（・ㄌㄛ）　語尾助辭。無義。
44 頂頭　指上級、高層。
45 食　指擔任。
46 份額　指名額。
47 一半句　指一句半句的對話。
48 央　指央求、拜託、請求。

性，……」

「巡查[49]！」不知由什麼人發出這一聲警告，他兩人把擔子挑起就走，談話也自然終結。

——本文原刊於《南音》創刊號，1932 年 1 月 1 日

作品導讀

本文的開始，作者說明其歸家的原因，其實這或許在說對自己的缺乏自信，不敢面對初次踏入社會就可能會面對失敗的挫折而歸家。文章接著又延續這種心理狀態，因害怕親友提及工作情形而不敢出門。其次，作者比較同學在步入社會後的心態改變，如以前得過獎，但現在從事苦力的同學，反而容易親近，但有些在學校時原本讀不好書的人，反而因為目前工作上有了成就，在面對作者打招呼時，反而露出不屑或是冷淡的表情。或許是受到這種經驗的啟示，於是作者終於打開了些許的心房，而主動與低下階層的攤販聊天。文中作者藉由攤販的口，說出進入到日本的公學校，根本學不到任何本事，只能學幾句日本話，並且造就了學生眼高手低的不良心態。

最後，在作者好像要為受日本教育者辯解時，卻以「巡查」的出現，匆匆地打斷他們的對話，而這無疑是對

49 巡查 指警察。

臺灣人所受的日本教育的最大否定。

（李威侃）

延伸閱讀

一、林瑞明：《臺灣文學與時代精神——賴和研究論集》，臺北市：允晨，1993 年。

二、陳淑娟：《賴和漢詩的主題思想研究》，臺中：靜宜大學中文研究所碩士論文，2000 年 6 月。

三、陳建忠：《書寫台灣，台灣書寫：賴和的文學與思想研究》，新竹：清華大學中文研究所博士論文，2000年6月。

四、陳芳明：〈賴和與臺灣左翼文學系譜〉，《左翼臺灣：殖民地文學運動史論》，臺北：麥田出版，1998 年。

五、陳韻如：〈在諷刺中呈顯現實——論賴和短篇小說中的「反諷」〉，《東吳中文研究集刊》，第七期，1999年7月。

六、陳兆珍：〈試論賴和詩中之抗議精神〉，《新聞傳播學院人文學報》，第七期，1997 年 7 月。

張我軍

作者簡介

張我軍（1902 - 1955）生於臺北縣板橋市，祖籍福建省南靖縣，原名張清榮。筆名一郎、野馬，M.S.、廢兵、老童生、劍華、以齋、四光、大勝等。他自幼喪父，家境清寒，從板橋公學校畢業以後，就到鞋店去當學徒，後來經過林木土先生介紹，進入新高銀行工作。他於 1921 年隨林木土調往廈門創設分行，在工作餘暇，跟當地一位老秀才學習中國文學，並且改名為「我軍」。1923 年，前往上海和北京，同時加入「上海台灣青年會」，對日本人統治台灣的暴政予以聲討。1924 年 4 月 6 日，他在北京寫了〈致台灣青年的一封信〉發表於《台灣民報》，對當時只會沈溺於吟風弄月，無病呻吟的台灣舊文人提出嚴厲的批判。1924 年十月下旬，他回臺北擔任《台灣民報》漢文版編輯。又發表〈糟糕的台灣文學界〉一文，批判譏諷當時的臺灣文學除了詩之外，似乎再也找不到其它種類的文學，當時的詩人們使詩流於文字遊戲、或是淪為迎合權勢者及沽名釣譽的工具，卻連差強人意的作品也寫不出來。此文一出不但引起了舊詩人的反擊，也點燃了臺灣日治時期新舊文學論戰的戰火。所以作家龍瑛宗讚譽張我軍為「高舉五四火把回台的先覺者」。

張我軍反對在寫作白話文時夾雜方言的寫作方式，此主張對於日後台灣文學的發展產生深遠的影響。1925 年擔任《臺灣民報》編輯，加入蔣渭水、翁澤生成立的「臺北青年體育會」與「臺北青年讀書會」，1926 年考入北京私立中國大學國文系，1927 年 10 月又插班轉入國立北京師範大學國學系，被推為「北京臺灣青年會」主席，之後又與洪炎秋等創辦《少年臺灣》。1975 年 8 月，張光直主編《張我軍詩文集》並由純文學出版社出版，1989 年增訂並改名《張我軍文集》。1985 年張光正（共產黨員）於北京編選《張我軍選集》，由時事出版社出版。1993 年臺北縣立文化中心特約秦賢次編輯《張我軍先生文集》多冊收於《臺北縣作家作品集》。

埔里之行

——介紹本省第一個阿薩姆種茶[1]園

一天忙到晚，一年忙到頭，尚不足以溫飽五口之家的如今現在，哪裡來的那麼些閒情逸致想去遊山玩水呢？假如不是公會叫我利用這新年三天的假期去看看茶山，暫時我是和旅行沒有緣分的。

埔里，有阿薩姆種茶園，是臺北所沒有的，況且據說風景極佳，還有日月潭、霧社，離開那裡不遠，都是嚮往久矣而無一遊之緣的地方，所以便決計往埔里去了。這樣便在除夕之日和同事章恩兄，從臺北搭火車出發，忙中偷閒做一次短程的旅行。

名是元旦，實與平時無異的民國三十八年一月一日，是一個風和日暖的上上旅行日子。早晨八點二十分我們搭乘的長途汽車從臺中出發，駛過霧峰、萬斗六[2]、草屯這些許多老友住著的舊遊之地。但是不遑[3]下車一一訪問，只好從車窗望望他們的山居，默示了懷念之意。

離開草屯不遠，我們的車便鑽進萬山叢中了。前後左

1　阿薩姆種　紅茶品種名。阿薩姆，地名，印度東北之一省，以盛產紅茶聞名於世。

2　萬斗六　為今霧峰鄉萬豐、舊正、峰谷、六股等村。地名由來於昔為洪雅平埔族（Hoanya）萬斗六社之所在地而得名。

3　不遑　沒有閒暇。

右盡是山峰，車繞山腳沿著谿流走。行行重行行，從一個山湖（四面山抱擁一片地如一面湖，中有田園、有人家）轉兩個大彎就走進另一個山湖，真是峰迴路轉[4]又「一湖」。這樣約莫[5]行經十個山湖，繞過數不清多少個山峰，車忽在谿左忽在谿右，總之在亂山中鑽了將近兩小時，好容易才到了埔里。從臺中到埔里，車行兩小時另三刻。

沿途風景沒有想像的好。山不高而谿不深，誠然是不夠構成美景的條件，但凡深山而林不密，尤會大殺風景。許多山，露出一片片赭土[6]種植著香蕉，遠遠看去像人頭上的癩瘡疤。這樣的癩瘡疤到處可以看見，有些是從山麓達到山峰。在幾百尺的山峰也上去耕種的這種墾荒的勤苦耐勞的象徵，我們只有對之肅然起敬，不應有所議論，然若自風景美的觀點來說，山地還是以植林為宜。

車到埔里時，遠遠看見幾座山露出一條一條的肌肉似的赭土，彷彿像是巨人的淚痕。全山的樹木被砍伐淨盡，只剩些雜草，大雨一沖，處處山崩土裂便露出肌肉而構成了巨人的淚浪。人們這樣亂砍樹木，終於把身上所披的大衣被人剝掉的山大約也會流眼淚的。

最後而且最大的一個山湖便是埔里了。整個像一口平底大鍋，市街在鍋的中心，是一個意外大的市街。車到市街進口處，前面有兩個兵士站著，一個手拿紅旗伸出擋住

4 峰迴路轉　形容山路隨著山勢而曲折迴轉。
5 約莫　大概。
6 赭（ㄓㄜˇ）　紅褐色的土。

去路。心想：這地方為什麼由兵士整理交通呢？正想著，車停了，上來一兵士說是要看身分證，原來是一個關卡，照例要停車受檢的。但是兵士態度和藹，只看了一個後生的身分證就放行了。

我們的目的地是東邦紅茶公司的製茶廠，向同車的人一打聽，立刻得到一個極親切的回答：

「郭少三的茶廠我知道，隨我下車一道去好了。」是一個中年農民模樣的人。

車在市街中心停了，跟著他下車，抬頭一看，拐角處一所規模不小的建築物，額上的文字告訴我們那是「能高區署」[7]。這使我忽然想起幾個月前還是這所建築物的主人的，那個一身都是熱情的作家張文環[8]來。如果他還坐著埔里社王[9]的寶座，對於我們今日之行多少總有一些方便。這是入夜才想的，至少也不致使我們今夜過了這麼寂寞的一夜。

這樣一邊想著一邊跟著那個人，走不到十分鐘便到東邦紅茶廠了。主人少三兄回臺北不在，但我們不客氣地進去打擾了。茶廠後方隔了一重山的地方，大規模地冒著

7 能高區署，日據時期管轄今南投縣北部，包括現今之埔里、國姓等地。

8 張文環（1909-1978），生於嘉義縣梅山鄉，為日據時期重要作家及雜誌編輯。戰前日文創作頗豐，然戰後停止創作，228 事件後漸離公職。著有《地に這うもの》（即《滾地郎》的日文本），其作品後來被集結為《張文環集》及《張文環全集》。

9 埔里社王，即指張文環曾代理能高區署長一職，因能高區署管轄今之埔里、國姓等地，故其又被稱為埔里社王。

煙，剛才在路上就問知是火燒山，此刻還掛在心上，看完了茶廠便溜到後面去望了一會。

據我所調查，臺灣有阿薩姆種茶樹是始於郭少三氏，他可以說是臺灣阿薩姆種茶樹之父。他在民國二十三年畢業於東京帝大農學部農藝化學科時，畢業論文就是關於茶的。畢業後繼續在臺大和臺灣中央研究所研究土壤和紅茶製造法二年，於二十五年到南方產茶國實地調查，並由暹羅[10]帶回阿薩姆種茶苗。因為據他研究的結果，臺灣的紅茶非改良茶種，前途是很有限的，而最好的紅茶原料阿薩姆種茶樹是可以移植於臺灣的。依當時的法律，外來的樹苗非經消毒不能過關，然而一經消毒，嬌嫩的樹苗勢必喪失其生活力。為使他那些當作命根般帶回來的樹苗平安過關，他著實費了九牛二虎[11]之力。

這一批樹苗平安過了關之後，就被送至土壤和天候適宜的埔里附近的山上培養，成了臺灣阿薩姆種茶的開基祖。他從此埋頭苦幹，不問外事，專心開設農場，苦心孤詣[12]地培養，至今十二年才繁殖了六十甲地的茶園。日據時代的政府看見他的移植成功，也在埔里附近魚池這地方設置紅茶試驗所，移植阿薩姆種茶樹，接著三井製茶公司也在那裡培植該種茶樹，設廠製造紅茶。

10 暹羅　即今日之泰國，南面是暹羅灣和馬來西亞。泰國在 1949 年 5 月 11 日以前，便稱為暹羅。

11 九牛二虎　比喻極大的力量。

12 苦心孤詣　費盡心思，致力研究，以求完善。

郭氏帶回來的樹苗，三年以後就漸漸供給他製造紅茶的原料了。以阿薩姆種茶葉製的紅茶，也以他的東邦公司的出品為天字第一號。我並沒有替東邦紅茶宣傳的任何義務，事實上至今每年僅製一萬幾千斤，外商爭以三倍於他種紅茶的高價搶購的東邦紅茶，壓根兒就用不著宣傳。但是我站在負有改進臺茶任務的《臺灣茶葉》主編人的立場，對於郭氏這種做事的精神和他對於臺灣茶葉的貢獻，卻有宣揚之以資鼓勵的必要。

郭氏不但對於優良茶品種的培養繁殖傾了那麼大的苦心，對於製茶方面也煞費苦心的。他為徹底實行「一心二葉」[13]的採摘法，雇用採茶女工都「以工計資」而不依「論斤計資」的常例。在茶樹少而茶欉[14]不大的時候，非有不計盈虧的精神，這是做不到的事。起初幾年他一定賠了不少本錢，這是可以設想的。還有，他做一個茶葉者，首先下功夫研究茶樹品種和土壤，根據研究所得自己闢設茶園。接著研究製造法，憑學理與良心自行設廠製造好茶。最後調查世界市場，準備自行推銷。這種一貫的作業乃是茶葉的正途，不是獨力經營的業者容易做得到的事，實在值得我們為其宣揚。

郭氏的茶園分散在三處，最近一處在後湖，我們決定參觀最近一處。下午將近三點鐘，離開茶廠，坐上輕便車走了四十分鐘到了小南埔，從那裡步行入山，走了三十五

13 一心二葉　採摘時只捋取頂端的嫩心及所附的二片嫩葉。

14 欉　「叢」的俗字，即樹木的意思。

分鐘，穿過幾片樹林，還穿過樹林中的農家，遠遠就有犬吠聲，迎接了遠從數百里外來的不速之客[15]。

走完了竹林間小徑，最先入眼的是一排纍纍掛著熟透了的暹羅白柚，接著是幾畦[16]茶苗；上了臺階，看見一條黑狗在橙子樹底下叫著。幾棵廣東種的橙子樹，枝頭一串一串的金黃橙子使人垂涎欲滴[17]。抬頭往高處一望，是一座梯式茶園，遠自暹羅渡海過關而來的阿薩姆姑娘，一棵棵含笑，彷彿在招手歡迎我們。我走到她們腳底下抬頭望了一會，把目光移到右邊另一個山峰，在那半山腰又發現了一大片茶園。

這一片山是郭氏的農場的一部份，除了茶園之外，有白柚、橙子、檸檬的園子，還有植林，所植的樹是油杉和梧桐，非常茂密蒼翠，只有梧桐已經脫光了衣裳在做冬眠。這些樹木大約是臨時借住的，因為茶樹的繁殖很慢，一時用不著那麼廣大的地皮，十年或二十年後再來的時候，大約這一片山都要變成茶園了。

在臺北，橙子一斤賣到二千元以上，白柚也要千元左右，是水果中的寵兒，然而這裡的橙子和白柚儘管熟透了，卻還纍纍掛之寒風中抖擻[18]，無人理睬！問那領路的人：為什麼不摘？他說：埔里沒有人要。問他：為什麼沒

---

15 不速之客　指未經主人邀請而自己來的客人。

16 畦（ㄒㄧ）　計算園圃種植分區的單位。

17 垂涎欲滴　貪吃到快要流口水樣子，形容急迫地想得到美好事物的渴望。

18 抖擻　本為振作精神，此作發抖解釋。

有人要？他說不出所以然來。我也不再去研究他，但覺可惜，並且不勝同情這些生不逢辰的珍果。

我們在山寮吃了幾個又甜又鮮的橙子解渴兼解饞之後，很想摘一包下山帶回臺北，但想到攜帶東西走路的不便，也只好割愛了。

因為時間不早，不敢留戀，僅草草看了一下便下山趕歸途了。來時一心只想著茶園，不覺得怎麼樣，回去時心有餘裕，況且時近黃昏，山中格外陰暗，樹林的陰影從前後左右壓下來，四周寂無人聲。路旁是長得比人還高的茂密的茅草。兒時聽說生蕃[19]「出草」[20]，都是隱身在茂密的茅草叢中等候過往行人，待到切近才一躍而出，冷不防給一刀或一鎗。埔里早先是埔里社，是蕃社，是這些壯士出草之地，雖明知高山兄弟早已開化到不會這般魯莽了，然而此時行經此地仍然難免瞪眼聳耳有意無意地警戒著。循原路回到茶廠時，夜幕已經初張了。這時，白天僅僅看見火煙的火燒山，已經伸長了火舌舐著夜空，淒絕壯絕！無言的巨人一任火燄在它身上飛舞。不知何日才會下一場傾盆大雨，像最近八仙林那樣把火澆滅呢！

19 生蕃　舊時帶有種族歧視者，常以「生蕃」一詞來做為對外國人、邊境少數民族或原住民的代稱。「蕃」，通「番」。

20 出草　即早期臺灣原住民獵人頭顱習俗（獵首）的別稱。泰雅語讀作 mgaya「姆嘎亞」。這種行為也存在於各大洲的原住民族。而由於臺灣原住民長期與其他族群（如漢人、日本人）接觸，其獵人頭的習俗常常被漢人與日本人誤解。其實獵人頭的習俗是具有複雜的動機，原住民除了會因為仇恨而獵人頭外，有時為了祈福或表現自己的英勇也會獵人頭。不過，臺灣原住民並不是各族都有這樣的習俗，如達悟族即無此習俗。

埔里的大自然的夜景是那麼幽靜可愛的，這我們是親身領略了。據說埔里鎮上酒場的夜景也別有風味，這可惜因為沒有領港[21]，只好留待後日再考[22]。這一夜就在茶廠和同伴章恩兄對酌，足足喝了兩小時，但是酒則僅僅傾了一瓶和午飯時剩下的半瓶，適可而止，挺身一覺睡到清晨，一日奔波的疲勞都消散了。

久住都市的人，有時到山鄉走走，不但可以增加不少見識，對於身心也有很大的裨益。我是多年起早慣了的人，但在都市清晨起來，從沒有這樣清醒而輕鬆。六點起來，就走到外面廣場環山四顧，欣賞那欲明尚未盡明的山景。有些山頭的密雲還在酣睡，有一兩個山頭的似紗輕雲卻已在慢步出岫[23]了。火燒山的火焰漸漸褪色，煙卻越濃了。山鄉的清晨和夜間一樣的幽靜，一樣的可愛。過了兩小時之後，辭別了茶廠，索性離開了這個可愛的山鄉。為了時間的關係，日月潭和霧社只好留待以後的機會，魚池之行也作罷，仍循舊路搭了長途汽車，再鑽一次萬重山回到臺中，繼續未完的旅程。

——收在張光直編：《張我軍詩文集》，

台北：純文學出版社，1989 年 9 月

21 領港　本為港口設置以帶領外來船舶進港，以免因不熟悉航道而發生船難的領航人員，此引申作導遊。

22 考　求察，求證。

23 岫（ㄒㄧㄡˋ）　峰巒。

作品導讀

從標題「埔里之行」來看，它無疑是一篇遊記，然從所加的副標題「介紹本省第一個阿薩姆種茶園」，則它又是一篇不折不扣的報導文學，但若就內容而言，它可說是一篇平實穩健的散文。

就文章的結構：作者先以地點為序，先由臺北至臺中，再由臺中至霧峰，由萬斗六再至草屯，由草屯再至埔里，由埔里再至茶園的順序依序開展本文，並介紹沿途峰迴路轉的山林景致。接著是介紹茶園的風景及紅茶的栽培方法，製茶的過程及茶園主人的做事態度及其成功的經營方式，與其對臺灣茶葉產業的貢獻。

在文章修辭方面：作者善用視覺的摹寫「峰迴路轉又一湖」來寫山路的崎嶇，以「彷彿像是巨人的淚痕」來譬喻被沖刷的土石流，以「一口平底大鍋」來譬喻埔里的地形，皆非常貼切。而其中特別是以「遠自暹羅渡海過關而來的阿薩姆姑娘，一棵棵含笑，彷彿在招手歡迎我們。」的擬人手法來寫茶園裏的茶樹，真是神來之筆，讓整篇文章活了起來。

除此之外，本篇文章中也提醒了大家對環境及水土保護的重要觀念。另外，也記載當地早期尚有的「出草」習俗，這些皆進一步深化，也豐富了此篇文章的內涵。

（李威侃）

南遊印象記

漫言

我這四五年來，南船北馬，所印足之地總不下萬里。但是這萬里之路，統是在島外跋涉的，至若島內呢？諸位請勿笑，我活了二十幾年，只北至小基隆，南至新竹而已。若北至小基隆，這倒可以自慰一二，若南只至新竹，這我實在感著無限的慚愧了。

然而我並不是惜足的人，或是留戀故鄉之人。我對於漂泊他鄉這件事，恒感著很大的興味，所以就是蟄居故鄉之日，也時景慕異鄉，幻想一種異鄉的情緒。根究起來，我不到新竹以南之地的最大原因，就是經濟問題吧！或者是為沒有「不得已」的事情，所以不去吧！但是這確是次要的原因，倘使我沒有經濟的關係，就是沒有什麼「不得已」的事情於中南部，我也早就去了。

小人物的旅行

在現代的經濟組織之下，大約沒有不受經濟的牽制的人——無論他是有產階級或無產階級[1]。不過些小的三五十元的旅費，在有產階級確實不成問題，而在無產者又確是一個大問題。倘在大人物，即使他是個無產者，花費多少旅費也不至於發生問題，因為一班所謂大人物者，一出門便有旅費可支，故絲毫不成問題。若如我這無產者兼小人物者，雖三五元的小旅費，尚須躊躇[2]，何況三五十元呢？

這次以《民報》[3]的銜頭，領來一張免費票，於是立刻決定下南一遊了。可是我的女人 L 女士，是遠自北京來的，伊沒有到過我的故鄉板橋以南之地，故我有帶伊同去的義務。加以我近來覺得孤獨是無限的悲哀無聊，於是便下了百二十分的決心，帶伊同下臺南。——雖然知道須多花二三十元。這樣的，無產者兼小人物的我，以一張免費票和百二十分的大決心，遂帶伊出發旅行中南部去了。

車中

我們的旅行，當然是以紅票為標準，而所預算的旅費

1 無產階級　此一名詞出自於拉丁語 proletarius，為 Proles （子嗣）一字的衍生字，此字的本義是指古羅馬社會最下層的人民，此字含有此階層的人唯一的貢獻是延續子嗣，提拱應人力，故含有輕蔑之意。

2 躊躇（ㄔㄡˊ　ㄔㄨˊ）　猶豫不決。

3 《民報》 即《臺灣民報》的簡稱，1923 年 4 月 15 日創刊於日本東京，全部為中文版。《臺灣民報》原先是半月刊，其後又改為旬刊，並併入日文版。1925 年起再改為週刊。

也是紅票（我雖然不要車錢，但是L女士卻要車錢）。

十二時四十分的海岸線經由的快車將到了，我們到臺北車站時，以為已經先回去了的獻堂先生[4]以外五六位文協[5]幹部諸君恰巧和我們同車。他們有的是資產家，有的是大人物，所以出門不用說是青票——不搭一等車還是他們的客氣。他們若肯不理我們還好，可是他們卻都很好意，叫我們同他們坐一個車，途中好說話。其實他們的好意，倒使我多花了三塊錢。我咬緊牙根，買了一張彰化的二等票，賣票的說：來，六圓一角，第一次的預算翻了。

本來我們都帶著雜誌預備路中看，但是因為想在途中找出什麼好風景來鑒賞，所以只靠著車窗往外看。沿途我問L女士有沒有新奇的景致，伊說沒有，我自己也覺得太平凡。

車過了鶯歌將近桃園時，培火氏[6]問我沒有指鶯歌石

4 林獻堂（1881 年－1956），名朝琛，號灌園。出身望族霧峰林家，人稱阿罩霧三少爺。曾任霧峰參事、區長（1902 年），並於 1905 年被授紳章。1907 年於日本奈良旅行時與中國維新運動大將梁啟超會面，林獻堂向梁請教臺灣自治之道。1910 年首創詩社——櫟社。

5 文協　即臺灣文化協會的簡稱。1921 年 10 月 17 日在當時臺北大稻埕的靜修女子學院（即今靜修女中）召開成立大會，成員以醫師、地主、公學校畢業生、留學回國的學生為主，出席人數多達一千多人，初期主要人物有林獻堂、蔣渭水、蔡培火、連溫卿等人。

6 培火氏　即蔡培火（1889-1983），號峰山，祖籍福建泉州。七歲時喪父，其兄因抗日被捕，他的母親便帶著全家逃到福建石湖避難，之後再回到北港定居。十八歲，蔡培火就讀臺灣總督府設立的「國語學校師範部」（為當時臺灣的最高學府，即今臺北市立教育大學的前身）。畢業後，擔任公學校的教職。並於民國三年與林獻堂創設「臺灣同化會」，積極爭取臺灣同胞與日人待遇的平等。

給 L 女士看，我陡然感著很失策，因為這一站只有這個鶯歌石最出色，而我卻忘了給伊說。我表著很失望的臉色說：「唉！沒有！」培火氏也無可如何，L 女士只是愕然，莫名其妙。

車將到新竹了，培火氏又站過來，指著右邊一面的田園說，這是新竹平野，臺灣四大平野之一，你又不給 L 女士說明，你這個嚮導者未免太不親切了。其實我自己也不知道那就是新竹平野，培火氏太冤枉我了！嚮導者北京話普通叫「領導者」，式穀氏[7]主張說「嚮導」，因為他的北京音有些古怪，「嚮導」說成近於「強盜」，大家大笑一場。

培火氏又指鐵橋下一條古鐵和左邊一條舊鐵路的址蹟給我們看，說那是一個古蹟。那個就是清朝時代的鐵路，確是一個難得的古蹟。那時代臺灣的火車只自臺北駛到新竹。據說，當時李鴻章計畫在北京天津開鋪鐵路，從外國定了鐵條、火車等器後，經京津人士的反對，這位大偉人大勢力家也奈何不得，後經劉撫臺[8]引受到臺灣鋪設，臺灣遂比較早有火車。

火車過了新竹，便漸漸看得見碧藍的海。我每次看了

7 式穀氏　即蔡式穀（1884-1976 年），號春圃，新竹人，律師，1884 年生。19 歲畢業於「國語學校」（即今臺北市立教育大學前身）。而後辭去教職，進日本明治大學專門部法科正科深造，1913 年畢業。10 年後（1923 年）律師考試合格，以其豐富的法學知識，投效政治及社會運動。

8 劉銘傳（1836-1895）　清末安徽省合肥縣人，字省三，號大潛山人。著名的淮軍將領。

海，似回到故鄉，遇見愛人似的。實在，海是我的故鄉，是我的愛人。我看了海，就有無限的感慨！

我不是海濱生長的，何以和海有這樣的感情呢？讀者呵！原諒吧！使我說些閒話——

自今五年前，我從基隆搭船到廈門，這是與海接近的第一次。自是，在廈門、鼓浪嶼輾轉過了兩年。這兩年之間，我受了海的感化和暗示不少。早上，太陽將出未出之時，我站在岩仔山腹的洋樓的欄干之傍，兩眼注視那蒼茫的大海，一直到盡處——是海是天已分不出的地步——凝視著、放歌、馳想……。晚上，月亮剛上了山頭，照得一面白亮亮的銀海，我站在山腹，兩眼注視那白茫茫的銀世界，一直到盡處，凝視著、放歌、馳想……。

自從領略了海的感化和暗示之後，我就不想回到如在葫蘆底的故鄉了。後來再奔波各處，數年之間，不斷地與海相親。現在不得已在狹的籠內過狹窄的生活，還時時想乘長風破萬里浪，跳出臺灣，到海的彼方去！——所以此刻看了囂囂撼著岩石的大海，便和別的人不同其感了。坐著火車跑海岸倒不錯，雖然沒有什麼出色的風景，但是一種沉寂之感，時時撲到心頭。涼風陣陣，倘在盛夏，左邊的矮山，若再傳出蟬蟲們的音樂，或海上再加一個明月，一定更加有趣。

在海岸走著的時候，覺得很像坐在電影裡常看見的美國的海岸鐵路上的火車，又感著一種異國的情調。

自臺北搭車以來，陰晴參半，以後，天氣愈變愈壞，到大甲溪之北，還是陰鬱。及至溪之南，天氣一變。太陽晒著萬物，回首看那溪北的天氣，又是一樣。這在我確是大奇而特怪了。但是其實自古來就如此，這是某氏在車中告訴我的。

車近彰化了，一行的人四散，只剩下我和培火氏、L女士三人了。培火氏突然指著窗外一個矮山說，那個就是八卦山。

唔！那個就是八卦山！我這幾年來所景慕的八卦山現在已顯在我的面前了。並且，明天一早上就要看它去呢！我覺得元氣加倍了，心身都跳起來了。

我在海外交了不少的彰化的朋友，他們每次齊聲對我誇獎八卦山怎樣好、怎樣美。他們又說彰化的女界有什麼八美，又有什麼三傑。所以我若想到八卦山，便聯想所謂八美三傑，終而至於聯想到彰化是許多美人的產地。不但如此，八卦山又發生了兩回大事件——一回是王字事件[9]，這事件是一個驚天動地的大事件。一回是彰化女學教師調戲女生，致惹起父兄的公憤事件。所以八卦山和我的腦海，便結了不離之緣。

天近黃昏了，我們和培火氏握別，跟著幾位來接的朋

9 王字事件 1922 年 8 月，彰化發生「王字事件」（或稱「募兵事件」），事件起因彰化八卦山能久親王紀念碑上青銅碑文中的「王」被人挖掉，日本警察為報復接收臺灣時，選擇退回漳州老家而不願意做日本順民的霧峰林獻堂族人，故欲強將林氏家人入罪。於是日警逮捕了因其父、祖曾經參與武裝抗日的王添壽等人，並以屈打成招，要其承認打算夥同霧峰林季商串聯募兵，準備從事武裝抗日。

友出了火車站，一直到文協支部休息。

八卦山麓的一夜

很多的人說彰化是臺灣文化運動的中心地。是不是中心地且不說，許多新人物是從彰化產生出來的，這是不能諱[10]的。我在廈門、上海、北京所看的臺灣留學生，也是彰化最多，東京的彰化學生也很多罷！

我知道彰化有個好看的八卦山，是在上海之時。彰化的朋友每和我談起故鄉的事，他們便說八卦山怎樣好，他們的故鄉又有八美三傑。以後又交了不少的彰化朋友，他們都一樣向我自誇。於是我對於未到的彰化，遂發生了無限的景慕，時時描寫了各種的幻想於腦海中——八卦山、八美三傑、許多新人物，文化運動的中心地……。

現在已酬宿志，來到八卦山麓了，可是第一印象實在不大好。從前因種種好印象的聯想，遂造成一片很乾淨、很幽雅而美麗的彰化市街於腦海中。但是現在所看的市街，卻是很錯雜不潔，最討人厭的是道路中鋪著一條輕便鐵路。路政尤其不好，屋子也不整齊。我有些失望了！幻想已被拆去一部。

晚上受七八位青年同志的招待，本來想和他們談些話，可是我們遠來之客太疲乏了，只談了幾句便休息

10 諱（ㄏㄨㄟˋ） 指因有所顧忌而不敢說或不願說出的事或人名。

了。——衡秋君說，他最討厭臺灣的所謂詩人，臺灣的所謂詩人每日無所事事，只在那裡無病呻吟，每日說一樣的話，專攻偷竊古人的詩句。懶雲君說詩人固然討厭，但是他尤其深惡的，是臺灣的所謂文人。臺灣的文人，無論論的是政治、是社會，開口一律是「世風不古、道德沈淪」之類。他們完全沒有批評眼[11]，說得牛頭不對馬面，實在討厭！對於此二位的高見，我大約可以無條件的贊成。

最引起我的興味的，是懶雲君[12]的八字鬚。他老先生的八字鬚，又疏又長又細，全體充滿著滑稽味，簡直說，他的鬍子是留著要嘲笑世間似的。和我想像中的懶雲君完全不一樣。

遊八卦山

八卦山麓的一夜，在施宅[13]渡過了。早上七點鐘起床，踱到前面的書齋，把窗打開，呀！大好的天氣，好似春日之來訪。窗外一個竹架子，置著十數盆花草，過了院子的那邊，幾樹紅花，隔墻外一所芭蕉園，前次施先生送

11 批評眼　指批評的重心或核心點。

12 懶雲君　即賴和（1894 年 5 月 28 日—1943 年 1 月 31 日），臺灣彰化縣人，原名賴河，筆名有懶雲、甫三、安都生、灰、走街先。1894 年生於臺灣彰化，隔年臺灣割讓日本。生長在舊式家庭，念私塾接受漢文教育。1909 年進入臺灣總督府醫學校。本職是醫生，但是卻在文學領域留下盛名，尤其是他的詩作，被公認是臺灣最有代表性的民族詩人之一。

13 施宅　即施至善宅。施至善是臺灣文化協會的重要成員之一，並與王敏川、賴和等，被稱為臺灣文化協會彰化三支大柱。

我們吃的美味的香蕉，說是產於這園。

天是很豁朗的，溫柔的太陽，像是在歡迎我們賞鑒八卦山的美景似的。——沒有看八卦山之前，已先中意了施先生的宅地了。

吃完了飯，收拾完了，清波氏、石麟氏相繼而至，於是出門遊八卦山去了。

八卦山的好處，是在眺遠，——一層有一層的遠景。至於他本身，卻沒有什麼出色。自風景上說起來，八卦山實在不值得我那樣的景仰，然而他的可貴卻是在他的歷史。山頂上，——雖說是山頂上，僅僅二百多尺的山，也沒有什麼不得了的事——有北白川宮親王的遺跡，那裡有一個親王的紀念碑。就在這裡發生了大事件的——所謂「王」字事件。後面是舊砲臺，廉清君曾將他的〈登舊砲臺的感懷詩〉給我看。雖然無非是「故壘危危……」，什麼「……照夕暉」之類綴成的，但是當時我讀了也有些感奮。現在自己印足於這危危的舊砲臺上，遠眺對面一帶的山川，撫今追昔，感著一種莫名其妙的悲哀，心頭一酸，眼淚險些淌下來。

行過舊砲臺，有一片的平地，接去是一大塊一大塊的高坵，這確是一片頂好的運動地。在舊砲臺後一片平地，這裡也發生了一件大事：一個先生，帶了好幾個高女的學生曾在這裡捉迷藏。……「王」字事件與「彰化高女」事件，統發生在八卦山，所以他的歷史可貴。八卦山也是由這兩件事給介紹於世間的。

到臺南

彰化遊了一遍之後，即到花壇，在李宅[14]擾了一夜，翌早便從那裡搭火車上[15]臺南了。這回是和吳清波氏同行，清波氏與我是同階級的人，故不用說是不約而同的買了紅票子[16]。可是，三等車是非常之擁擠，幸虧我們是久經出外的人，各人還爭得到一個位子。說起爭位子，咱們東洋人還是非常地野蠻，——一個人常常要占二人以上的。對於這個真理，我是日在車中曾經聽了一個村婆的高論。我們的車過了兩三站，搭客愈來愈擠，一個村婆也跟大家擠得臉紅耳熱，擠到我們斜對面的板凳上，發現了一個空位，一屁股就要坐下，旁邊一個人拒絕說：這個位子是我們的，待一會有人要坐。那村婆憤憤地說：誰先來誰先占，一個人只得占一位，這個公例，便是警察大人也破不得，何況是你呢！對於這位口如懸河[17]的村婆，那人終於無言可對了。

中部到南部，這中間的狀況便與北部有些不同了。北部是一面的水田，中南部則大都是芭蕉園與甘蔗園。專門

14 李宅　即李山火宅。李山火曾於 1924 年 6 月 16 日與蔡培火、洪元煌、蔣渭水等人擔任第 5 回臺灣議會設置請願委員，赴東京請願。

15 上　到。

16 紅票子　即三等票。

17 口如懸河　以言談猶如河水直接傾洩而下，滔滔不絕來比喻能言善辯。

吸農民的膏血的製糖會社[18]，在中南的晴空之下，處處豎著摩天[19]的煙筒，如妖怪似的，冒著一道黑煙。這個四面點綴著噴黑煙的煙筒的中南平野，雖然覺得雄壯，但也感著很淒涼似的。在蔗園裡作工的農民，個個都漂著哀愁的氣色。

由著芭蕉移出，惹起問題的員林，和久想一到的嘉義，因時間的關係，不得不變更計劃，讓下回再去了。所以自花壇搭車，一直到臺南才下車。

臺南的第一夜

臺南在昔是臺灣第一都市，是一個府城，所以該地的人很自傲，對於凡是外來的人，都一律稱做「草地人」[20]，這個習慣到現在還存留於一部人士之間。我們三個「草地人」，是日傍晚時候，下了車，入了赤崁城[21]。

臺南這個地方，是一個沒有脫掉田園氣味的中古式都市。這裡正存留著他昔日的面目，和臺北的「窄促的」不同，他是「悠然的」都市。這固然有歷史的關係，但是，臺北也是因為吃了太多的現代文明的糟粕[22]，而臺南卻少

18 會社　即公司。
19 摩天　摩天指接近天，形容很高的樣子。
20 草地人　指鄉下人。
21 赤崁城　即當時的臺南府城。赤崁城名叫普魯民遮城，中國人則稱為赤崁城，另稱赤崁樓或紅毛樓。
22 糟粕（ㄗㄠ　ㄆㄛˋ）　本指酒糟、米糟或豆糟等渣滓。此處比喻粗劣無用

吃一點。總之，臺北住長了的人，一到臺南，一定如魚入水的悅樂。

一月十八日，晚上七時起，在臺南某樓，將大開「臺灣議會請願委員」壯行宴。我們恰好「躬逢盛會」。我們跟著陳逢源氏[23]到會，會場裡所談盡是臺灣議會的事。一時充滿著政治氣氛。我得識了幾位朋友，又碰見了滑稽元帥謝星樓[24]新學士。代表蔡培火氏和陳逢源氏兩位的議論都有動人的地方，會眾某君似乎起立說：請二位代表將我們臺灣同胞的苦慘，訴給帝都人士知道。王受祿氏[25]的開會詞有一句：「田裡的稻子、園裡的甘蔗，也將在路上歡送君等……」堪稱傑作。只可惜田裡還沒有稻子，所以似乎有些缺少寫實，不過其意味深長之處，當能動兩代表也！

散會後跟芳園氏、培火氏到文協本部。文協本部實在

的東西。

23 陳逢源（1893-1982），享年九十。從總督府國語學校畢業後，任職於三井洋行，1920 年，辭去三井職務，遊歷日本和中國大陸歸來之後，即參加當時的臺灣文化協會活動，不久林獻堂被推為總理，陳逢源被推舉為理事。1927年一月，文協分裂，林獻堂、蔡培火、蔣渭水、陳逢源等宣佈退出文協，另組「臺灣民眾黨」。另外，陳逢源亦曾兩度擔任臺灣議會設置請願運動的請願委員。

24 謝星樓（1887-1938），本名國文，字星樓，號省盧，臺南人。為日治時期台南地區重要的古典詩人之一。

25 王受祿（1893-1977），臺灣醫學家，臺南市出生，臺灣史上第一位留學德國的醫學博士和史上第二位醫學博士（第一位是杜聰明）。臺灣總督府醫學校畢業後，曾任臺灣總督府臺南病院外科醫師。

整頓得不錯，大非寥落[26]破散的臺北支部可比。臺南的第一夜，於這樣匆忙裡過去了。

他鄉送故人

十九早，蔡培火、陳芳園二氏，帶著請願議會的重大使命，受了近百民眾的歡送，在火車站和我們舉手分別了。昨夜纔喜「他鄉遇故人」，今早即不得不「他鄉送故人」，這在我是何等地寂寞而無聊呵！

臺南的古蹟

據說臺南的古蹟不少，因為彼是臺灣的古首都。韓石泉氏[27]非常的好意，特地為我們包了一輛摩托車，帶我們遍遊臺南古蹟。韓君是流行醫，每日進款[28]著實不少，所以我們就不客氣了。

開山神社有一株古梅，說是鄭國姓親栽的。這株古梅，在一星期之前，大約正是盛開，所以現在，白玉枝頭，已呈多少憔悴的顏色了！有些多感的詩人，不知於何時，在梅花枝上結著紙條題上詩了。可惜！我們這班俗

26 寥落　冷清，不熱鬧。
27 韓石泉（1897-1963），臺南人，別號南陽。16 歲，順利考上臺灣總督府醫學校。1919 年，如願返回故鄉臺南，進入臺南醫院服務。
28 進款　指每日的收入。

人，竟沒有詩句與他應酬！

孔子廟這次是第二次的賞鑒了。因為早上我已經私自和清波氏去賞鑒一次了。往年在北京參觀國子監[29]之時，還有一點嚴肅之感，現在看了臺南孔子廟，竟無絲毫的感動。冬烘先生[30]請不要破口大罵我小子無知！

吳海水氏[31]：諸君！（指著去摩托車後丈半的地方，兩個女學生）那位高的是韓君的 future wife。

大家被吳君這樣一嚷，全都回首往後看。從斜身看得見一位羞紅著臉的女學生，在那裡大踏步的走，一位同伴的女學生，在傍邊一面走一面笑，似乎是在和伊鬧似的。——

韓君呵！請寬恕我和你開了這個玩笑！

安平燈樓也去看了。這個才能算是一個古蹟。看了一片蒼古頹然的古城壁，以及穿著窟窿的傾頹的古墻，立刻使我聯想到數百年前荷蘭人的故事。

回頭來再訪了開元寺[32]。剛纔踏了荷蘭人的遺蹟，此刻又訪到我們臺灣人的開基祖[33]鄭成功之廟。荷蘭人正和鄭國姓的兵馬在我腦海中打起仗來了。

——原載《台灣民報》90－96 號，1926 年 2 月～3 月

29 國子監　是自隋以後既為中國官方最高學府，歷代王朝都在都城建有國子監。

30 冬烘先生　指昏庸淺陋的知識份子。

31 吳海水（1899-1957），臺南市人。原姓蔡，為承嗣母家，而改吳姓。1916 年考入臺北醫專，因生性坦率，敢怒敢言，同學以「臺灣真青年」譽之。

32 開元寺　臺南開元寺創於清朝初年，原稱海會寺，是臺灣著名的寺廟。

33 開基祖　指創立基業的始祖。

作品導讀

張我軍的這篇文章中分立九個小標，所以初看時會給人有瑣碎之感，然而作者也常以這種短篇幅的風格形式，寫作批評或表達個人的主張。這樣的寫作形式，就一般而言節奏明快，若再加上文字上的犀利，能使文章特別具有生命力。

讀者細讀此篇文章，可以發現作者不只反映了當時一般人經濟上的貧困，也凸顯了當時社會的貧富不均，更反映了日人對臺灣人民的剝削。除此之外，作者也提及他的文學主張，記錄了當時臺南人的民情及古蹟。而文中文協臺南本部的陳設完備與臺北支部的簡陋對比，也反映了早期臺灣的開拓是由南而北，我們耳熟能詳的「一府、二鹿、三艋舺」便是這種寫照。其中除指陳了臺灣建造鐵路的歷程也反映了當時臺灣人為爭取平等所做的努力。此外，作者對當時教育界醜聞、對老百姓坐車佔位子陋習的諷刺，也是針針見血，令人拍案叫好。難能可貴的是，作者也常能在偶來的幽默之語中，收到畫龍點精之妙，這些都是我在閱讀張我軍作品時，印象最深刻的地方。

（李威侃）

延伸閱讀

一、蘇世昌：《追尋與回憶：張我軍及其作品研究》，臺中：中興大學中國文學研究所碩士論文，1998 年 6 月。

二、中研院中國文哲研究所主辦：《漂泊與鄉土——張我軍逝世四十週年紀念集》，臺北：中研院中國文哲研究所出版，1995 年

三、秦賢次編：《張我軍評論集》，板橋：臺北縣立文化中心出版，1993 年。

四、包恆新：〈台灣新文學的開拓者——張我軍〉，《臺灣現代文學簡述》，上海：社會科學院出版社，1988 年 3 月。

五、葉石濤：〈張我軍與台灣新文學運動〉，《走向台灣文學》，臺北：自立晚報社，1990 年 3 月。

六、呂興昌：〈張我軍新詩創作的再探討〉，《漂泊與鄉土》，臺北：行政院文化建設委員會出版，1996 年 5 月。

郭水潭

作者簡介

郭水潭（1908 - 1995），臺南佳里人。號千尺，其名字號與唐朝大詩人李白的詩句「桃花潭水深千尺」有關。郭水潭是 20 世紀 30 年代臺灣新詩運動的健將，他和吳新榮與徐清吉被推為「鹽分地帶文學」的共同領導人。1930 年加入「新珠短歌社」，所作短歌還被日本歌人聯盟選入《皇紀二五九四年歌集》中。他的新詩創作則是從加入「南溟樂園」開始，並在該社出版的《南溟樂園》連續發表新詩。1935 年應日本《大阪每日新聞》「本島人新人懸賞」而作的〈某男人的手記〉，獲得佳作獎。臺灣光復後，他移居臺北，曾經任職於臺北市文獻委員會，對臺灣鄉土史料的蒐集整理投入相當多的心力。他的創作以詩為主，其他另有小說、評論，收在《郭水潭集》。

憶郁達夫訪臺

民國廿六年十二月廿二日[1]，郁達夫[2]由日本來臺灣，是以福建省政府咨議的身份，受日本政府之聘而來的。當時的臺灣總督府外事課代表日本官方招待，並於政治外交上表示很大歡迎。而文化界，尤其是臺灣智識階級，對著這位聞名的中國文藝家，如遇故人更加關懷熱烈。

他下榻於臺北鐵路飯店，並於該店講堂，在《臺灣日日新報》社主辦之下，開過一次文化演講會。各報紙均以顯著的篇幅，報道其熱烈情形，稱是空前的盛況。

他在臺灣，逗留約一個星期前後，經臺中、嘉義，而臺南以後，再也沒開過演講會。而且只有一次於鐵路飯店應《臺灣新民報》主辦的座談會出席外，任何公式或私人的邀請都是避而不赴的。為什麼這樣？大家都覺得莫名其

1 據伊藤虎丸、稻葉昭二、鈴木正夫等人所編之《達夫資料》指出，郁達夫於1936年12月22日，乘朝日丸抵達臺灣。故此處言郁氏民國26年抵臺，當為作者誤植。

2 郁達夫（1896-1945），原名郁文，浙江富陽人。現代小說家、散文家、詩人。曾於1919年11月入東京帝國大學經濟學部。其雖修習經濟，然活躍於當時文壇，在留學期間閱讀了不少外國小說。1921年，與同為留日學生的郭沫若、張資平等人組織文學團體「創造社」。同年開始寫作小說，並發表其短篇小說集《沉淪》，因內容豪放香豔，在國內文壇造成極大的轟動。

妙的。也許是忙於視察，或者是政治上的打算有所顧忌。

按郁先生路經臺南的十二月二十九日，我遵宗兄郭明昆[3]之囑——明昆當時任教於日本早稻田大學，他被日本外務省派出去中國學術研究的一段時期，曾與郁先生過從其密，因此事前給我封信並具介紹狀，囑我定要去拜訪郁先生致敬——自草地佳里趕到臺南，訪問郁先生於旅寓鐵路飯店。那天記得是在晚上九點鐘左右。當我跨進鐵路飯店的接客廳時，已有先客在等候，泛目一瞧，都是舊知林占鰲兄和莊松林[4]兄，另外還有中華會館的代表兩三人。一會兒，郁先生就出來和大家家見面。互通名片，彼此寒喧後，一同坐定。於是展開著小型座談會似地，開始漫談起來。聽說郁先生是日本東京帝大出身，我用日語發問，但郁先生卻要我改筆談。這麼一來，那就麻煩多了。幸以在座之占鰲、松林兩兄，均能國語，由其通譯才得互通意志，隨之談起許多事，但概以文學為談。約談到一點鐘，我們告辭而別。

追憶當時，我們對文學談到什麼程度，如何結論，已被漫長的歲月沖淡了，毫無記憶。不過有一個鮮明的印象，和一段趣味的事情，到現在還依然留於腦裡。

印象是，郁先生那長軀枯萎的身材，蒼白的面龐，低

3 郭明昆（1904-1943），臺灣麻豆人。曾留學日本早稻田大學，師從津田左右吉教授，其研究常從社會學的角度來研究喪禮和喪服。

4 張炎憲等人所編的《臺灣近代名人誌》（四）載：莊松林，筆名 CH、KK、嚴純昆、尚未央、朱鋒，臺南市人。

沉的聲音，加上不斷地抽煙下立即會引起人想像到，像食過阿片[5]似的，迎面很容易判別是個典型的中醫人。

事情是，那天晚上郁先生所寓的飯店裡發見了日本特務警察的佈置，而且佈置得很周密。他們有的在沙龍喝茶，有的在走廊閱報紙，有的在客廳圍棋。離我們在咫尺[6]之同，團團地圍繞著我們，甚至其中也有遠自鄉下——我的故里，——而來的。我們臨場看看情形不對，於是警覺起來，所以話題集中於文學，對於政治概不提起。如果不是特務警察在監視，那麼我們一定會談到政治問題去。而他們所以要來監視我們的，也不外於害怕言及臺灣政治問題。可是聰明得很，我們只談文學，而不談政治，因此予他們一無所獲，只算是給我們，親睹祖國文人的風采機會而已。

但緊張的鏡頭之後，驚險的風聲又來。因為有人故意作孽地胡寫不妥當的文字於鐵路飯店廁所內壁上，文字內容不詳，可是有關郁達夫來臺的記事。這當然刺激了日本警察的神經而引其憤怒。誰有意地，向日本政府開玩笑，終也無法查出。然而鐵路飯店的臺籍員工，被其盤問，或經鑑定筆跡等，受累不少。對於這件事的發生及經過，當時新聞沒有刊出。後來碰到莊松林兄告訴我，才知道有此事情的。

惟郁達夫此行來去匆匆，究竟為什麼目的而來，幹什

5 阿片　即鴉片。
6 咫（ㄓˇ）尺　形容距離很近。

麼事情而去，令人推測不已。有人猜說是，因與其伉儷王映霞[7]女士不睦而分離，心情寂寞不堪，於是開始其失戀的逃避旅行。有人斷說是，因受日本誘引，冒然走上政治的路線。不過，這倒是推測而已。但將往往跡象的比較，前者的理由薄弱，後者的因素濃厚。

因為當時，陳儀[8]在閩主政，他在他帷幕下任咨議。這時日本在東北已建立了傀儡政權[9]，蔡廷措、唐生智[10]等在閩境也設立了所謂福建人民政府。在這內外多事之秋，他經由日本而來臺灣，自然惹人注目，無疑是有所使命的。

到了抗戰時期，郁達夫跑武漢，又走南洋。最初在新嘉坡一家報館做事，日軍侵入新嘉坡以前，再轉入荷印[11]，在風光明媚的避暑勝地武吉丁宜（Bukkit Tinggi）[12]

7 王映霞，1905 年生於杭州，1923 年考入浙江女子師範學校。杭州女師人才輩出，王映霞是她們中的一位佼佼者。王映霞始知魯迅、郭沫若，後來才知道郁達夫，對郁氏的文才十分傾倒。一次偶識，郁達夫深深迷戀了這位青春美麗的才女。禁不住他的苦苦追求，於 1928 年兩人結婚。

8 陳儀(1883-1950)，原名陳毅，字公俠（亦稱公洽），號退素。浙江紹興人。

9 傀儡政權，當指九一八事變後由大日本帝國扶植的滿洲國傀儡政權（後稱大滿洲帝國，1932 年 3 月 1 日－1945 年 8 月 18 日）。首都位於新京（即今中國的吉林長春）。其領土包含今天的中國遼寧、吉林和黑龍江三省全境，以及內蒙古東部、河北省北部。以清朝遜帝愛新覺羅．溥儀為國家元首。直到 1945 年 8 月，蘇聯出兵擊敗了駐守滿洲國的日軍和滿洲國軍，自此滿洲國解散。

10 唐生智（1889-1970），字孟瀟，出生於湖南東安的蘆洪市，中國軍人。他在中華民國建國期間到抗日戰爭開始時期擔任不同的重要職務，受上將銜。

11 1942 年 6 月初，郁達夫逃至蘇門答臘西部市鎮巴爺公務，化名趙廉，居於當地華僑蔡承達的房屋，並在當地人協助之下開設酒廠維生。

開設一間釀酒廠。日本占領荷印，他一時被迫從事於翻譯工作，日軍降伏後，他遂告了失跡。他的被害後來雖判明，可是死在誰手？而是怎樣被害的？直到現在還是一個謎。

正如這個謎，不易判明一樣，他生前來過臺灣，抱什麼使命而來，完成什麼任務而去，向來都沒有人知道的。

——原載《台北文物》第 3 卷第 3 期，1954 年 12 月 10 日出版

作品導讀

本文首先指出郁達夫以福建省政府咨議的身分，受日本政府之邀來臺訪問，作者訪臺時受到文友們的熱烈歡迎情況。然因郁達夫留臺七日的時間，他到過臺中、嘉義、臺南，但只出席了一場公開的座談會，而謝絕所有的公開或是私人邀請，所以作者對郁達夫來臺的動機，提出了幾種可能的質疑。

接著作者提及因他有宗兄的介紹狀而得以參與此次郁達夫在臺灣的座談，然而作者已不記得當初所談文學議題的內容，而僅記得當時郁達夫的身影及當場發現日本特務時的緊張氣氛。這也是本文在主題之外，讀者可因此進一步透過作者的描寫，而得以一窺當時日本對臺灣人民，乃

12 武吉丁宜，位於馬來西亞彭亨州武吉丁宜高原，是一個涼爽、幽靜的山城，也是許多遊客從爪哇北上旅遊的第一站。

至於外來人士的高度監控情形，也能感受一下當時的政治氣氛。此外，作者也指出在郁達夫訪臺期間，曾有人在其下榻飯店的廁所寫了一些不妥當的文字，而挑起了日本警察的敏感神經的意外事件等。

最後，作者又再次回到其先前所提出的懷疑，再進一步歸納出郁達夫最有可能的訪臺原因，但這就如作者所言一如郁達夫的死因，至今仍然是一個迷。我們無論從郁達夫抵臺座談時臺灣文人所受到的嚴密監控，或是至今乃是個謎團的郁達夫死因，皆可從中隱約感受到其中籠罩著一股令人不寒而慄的白色恐怖氣氛，相較於今日臺灣得之不易的民主自由環境，我們是否更應好好珍惜？

（李威侃）

追憶我的母親

母親，生於光緒十四年，卒於民國六十四年，享壽八十八歲。生前篤信佛教，對儒、道、佛三教無所區別。只是一心一念敬神拜佛，祈禱心安。平生歷遊各地寺廟，參加佛教會或聖母會[1]，廣交信友，勵行素食。祖籍台南縣麻豆鎮晉江里，庭前聳峙乙對旗竿[2]，顯示出身望族。可是沒有受過正式的教育。只有受過良好家教的薰陶，她曾教子女唸《三字經》，且會講解四書五經。

我的父母，在男女授受不親的封建時代，憑媒婆的說合結了婚。母親出閣，嫁粧齊備之外，還有隨嫁婢。父親為了創造新環境，時承宗親合股支援下，創業酒廠及糖廍[3]。好景不常，料想不到天有不測之風雲。經甲午之役，日本竊據臺灣。未幾，受日政府殖民地政策之壓迫，

1 聖母會，此指參與被清代皇帝敕為「天上聖母」媽祖的相關宗教組織活動，而非今耶蘇會的聖母瑪利亞的相關宗教活動。

2 據明代《野獲編》所引《觚不觚錄》載，在當時凡參加鄉會試上榜者，常於門上揭竿懸旗以報捷之習。此後不論朝廷鄉試以上正式科考獲得功名，或是秀才納貢取得的貢生等功名者，皆引此習而在門前立竿揭旗，以凸顯其功名，以此為富貴之家的象徵。

3 早期簡易的製糖場稱為糖廍。其設備常在茅草屋內置二或三個花岡岩的硤輪，藉由牛力拉動並將甘蔗投入兩輪的間隙，硤出糖汁，再將糖汁加熱結晶以製糖。

酒廠糖廍均遭廢業。父親不得不轉業務農。所幸者，家道保持小康。所不幸者，父親早我母親去世。母親守寡過了無聊的寡婦生活三十有餘年。為人子女，每憶此事，不勝哀傷。

母親在世時，望子成龍心切。特別期待著長子的我，有所成就。我曾在日據時期的官署任過官。惟在日人優越，差別本省人的情形下，我穿官服，進出衙門，誠實，令人羨望。我官小，不算是龍，但似有予母親些許之得意。不過真正使我母親得到欣慰的一回事，乃是我在日據末期，擔當過鄉里的所謂「部落自治振興會長」[4]。

我的鄉里台南縣佳里鎮佳里興。現在劃分為佳化、禮化、興化三里。整個村落約有八百多戶，五千多人口。我對部落振興的構想是：如何建設農村現代化。目標是：重新測繪部落道路，使之村民來往方便，派系觀念自然消滅。獎勵建設堆肥舍，整頓髒亂，保持清潔。勸導村民養豚[5]養雞，增裕農村經濟。每戶人家應有廁所連洗澡間。庭前起碼這一坪以上的園藝，栽花或種菜。如此費了將近兩年的時間；基礎工事完成。我的鄉里，氣象一新，風景美麗。時之日政府，推薦為「模範部落」，並邀請全省各界人士，來我的鄉里實地考察。一時我的鄉里名揚全省。

4　臺灣總督府在昭和八年（1933）四月頒佈〈部落振興建設綱要〉，以部落為基層單位，組成「部落振興會」。其成立的目的在於培養人民的愛鄉愛國情操及從事公民訓練、治安維護、振興地方產業、道路的整修、改善衛生設施及革除生活陋習等工作。

5　養豚　即指養豬。

我身為會長，自然而然地，受到鄉里村民的敬重。鄉里人家如有想不開的煩事，或家庭糾紛，都要來請教會長。設若我不在家，概由我的母親代為接洽。母親對村民服務，以為多做好事，高興萬分。時移境遷。於今追憶往事，不無感慨。

民國三十四年本省光復，台胞歸還祖國的懷抱。為適應環境的演變，各人所走路線大不相同。我曾參加民意競選，榮獲當選為光復後第一屆鎮民代表會代表主席。當時的我雖然有了社會地位，實際彷徨在失業群中。母親不忍心看我潦倒在鄉下。乃一再鼓勵我，相機行事。我遵奉母親之囑，民國三十五年四月，背井離鄉跑到省垣[6]台北市謀職業。幸賴朋友的提拔，安排在他所經營的貿易公司任經理。職業安定後，我趕回故鄉，迎接母親來台北住在一起。讓她享受些許的天倫之樂。詎料經過不到一年的短暫時間，母親開始討厭都市生活。母親禁不住內心的苦悶，明白地告訴我，她說：都市生活予老人沒有一點好處。偶與鄰居人家見面，只是做禮貌上地打招呼，不會進一步做互相交際，經常閉門不出的都市生活，老人寂寞難堪。母親思念故鄉之餘，發此嚕囌[7]，我想到另有一點原因。就是：櫻花盛開的春節，雇車陪同母親郊遊草山。車到達草山[8]公園時，母親下車賴以手杖步行，欣賞風景，情甚愉

6 省垣 即指省政府的所在地。
7 嚕囌 即囉嗦。
8 草山 即指今之陽明山。陽明山原名「草山」。據《臺灣府誌》中：「草山以

快。不料公園的年輕遊客，看到我母親纏足[9]細腳的步行狀，不約而同地圍著她問東問西，甚至有人提照相機，立即向她拍照。惟在極端洋化文明的都市裡，出現纏足細腳的老婦人，實屬稀奇，難怪他們一時起衝動，給我母親無從應付。對婦人的纏足細腳狀，俗語有句形容，稱「三寸金蓮」。母親在鄉下，被人讚稱「三寸金蓮」的老大媽時，她覺得驕傲而微笑。但在都市近郊的草山公園，被人包圍拍照，似有屈辱之感。嗣後我提起郊遊時，母親一再拒絕參加。

母親都市生活過不慣，決心返回故鄉老家。我不敢強作挽留，撫心有愧是：不能在身邊奉侍她。母親離開台北時，情甚輕鬆地安慰我。她說：不要擔心，老家有孫婦照顧我，還有鄰居老人伴。

我回鄉省親，母親每次都會對我叮嚀：「等待你早日成功」。我了解，母親期待我的所謂成功，該是指著起家發財。

我離開故鄉，在外奔波，一直毫無成就，空費時間，將近三十年。也許是因為學識淺薄、修養不夠，所以處境每況愈下。至今不僅談不到成功發財，連一日三餐的最低

多茅草，故名。」但昔日所謂的「草山」並非單指今日的陽明山，而是泛指七星山、紗帽山和大屯山等所環繞的一片谷地，即一般人稱其為礦溪內附近。

9 纏足　又稱裹腳、纏小腳，古代中國女子自幼兒期時，除拇指外，將其餘四指下屈，並用長布緊纏雙腳的腳掌，其腳掌骨頭變尖變小，只維持勉強可以行走的做法。

生活，都不無擔憂。不過我有我的人生觀，領悟人生哲學，自己安慰，時也運也命也。但我有生之日，總不能忘記我母親生前所叮嚀的：「等待你的成功」一句話。我必須為成功而努力。設若起家發財無望，修身立德可行。祈求母親在天之靈，允許我改過自新的作為。同時我向母親立誓，仿傚母親生前學道信教的生活作風。

曾一時，被鄉下人家所尊敬的老太媽，我的母親，突於去年七月十四日午夜一時謝世。以死來完美她的生命。一個溫和的影子，在自然中消逝，走到遙遠的天堂去了。但她永遠活在我的心中，我永遠懷念著她。我將哀悼母親的心情，轉來勉勵自己，如何成功，重建行程。我已實踐著母親生前的敬神禮佛，今天龍山寺，明天恩主廟，我相信母親在天堂看著我的日常行動，會得到安慰而微笑。

——原作為手稿，1976 年作品

作品導讀

本文屬於追憶傳記，所以文章開始，作者介紹了母親的生卒年、信仰、交遊及其出身，母親曾受良好的家教，曾教子女唸三字經，自己也會講解四書五經等等的基本介紹。第二段接著追憶，作者母親出嫁時的體面及家道因日本割臺灣而中落，與作者父親早逝及其母親為子女而不再改嫁的心酸往事。其次，作者謙虛的講了自己的早期成就及其母親以子女的成就為榮的過往，也提及當作者在失意時母親的鼓勵。文章的中段，主要寫其母親城市生活的不適應。在一次作者帶母親到草山公園旅遊，因母親仍纏著三寸金蓮，而被少見多怪的城市人要求合照的不愉快回憶。反觀在鄉下時，她的「三寸金蓮」卻常為她帶來讚譽，也是她覺得驕傲的象徵。再加上都市鄰居之間生活互動的冷漠，這也為其母親的後來返回老家種下伏筆。本文的末段，作者在其母親過世後，追憶其生前的教誨、期許與叮嚀。尤其中作者母親每次在其返家省親時都會對他所講的「等待你早日成功」的叮嚀，更凸顯出天下無數母親共同的期盼。而作者最後也將哀悼母親的心情，轉化為勉勵自己成功的動力，並深信自己在天堂的母親，看著他的日常生活的所做所為，當會得到安慰而微笑作結。

本文作者以追憶的形式，沒有華麗的文辭，僅透過作者的真誠筆觸，在淺白的文句中蘊涵著濃濃的追思之情，有如讀《詩經．蓼莪》一樣，令人也被作者「樹欲靜而風不止，子欲養而親不待」的傷感所感染。文中作者與其母親的真情互動描繪，有如清代蔣士銓母子的「鳴機夜課文圖」，母慈子孝的溫暖畫面，就如同正真實的在我們眼前上演一樣。

（李威侃）

延伸閱讀

一、陳明福：《郭水潭及其作品研究》，文學研究所碩士論文，2006年6月。

二、黃武忠：〈鹽分地帶詩人——郭水潭〉，《日據時代台灣新文學作家小傳》，台北：時報文化，1980年8月。

三、王玲：〈鹽分地帶文學的鼻祖——郭水潭老先生〉，《中央月刊》，14卷7期，1982年5月。

四、王秀珠：《日治時期鹽分地帶詩作析論——以吳新榮、郭水潭、王登山為主》，高雄：高雄師範大學國文教育碩士班碩士論文，2004年。

五、林佩芳：〈潭深千尺詩情水——訪郭水潭先生〉，《文訊月刊》，第十期，1984年4月。

六、胡珊：《鹽分地帶文學核心人物——郭水潭先生》，《南瀛文獻》，37卷，1993年4月。

鍾理和

作者簡介

鍾理和（1915~1960），出生於臺灣日治時期的新大路關（今屏東縣高樹鄉）。曾接受私塾漢文教育，隨父遷居高雄州旗山郡美濃莊（今高雄縣美濃鎮），經營笠山農場。後任教於內埔初中，但因肺疾惡化去職，病中重訂書稿不輟。著有：長篇小說《笠山農場》，曾獲中華文藝獎。他一生坎坷，執著於文學創作，被稱為「倒在血泊的筆耕者」。逝世後，張良澤教授整理彙編《鍾理和全集八冊》。

做田

尖山洞田四面環山，除開東邊的中央山脈，其餘三面都是小山崗，大抵土質磽薄[1]，只生茅茨[2]。

中央山脈層巒疊嶂[3]，最外層造林局整理得最好的柚木埋遍了整面山谷，嫩綠而透明，呈著水彩的鮮豔顏色；次層是塗抹得最均勻的，鬱鬱蒼蒼的一片深青；最裡層高峰屹立[4]，籠著紫色嵐氣，彷彿仙人穿在身上的道袍，峰頂裹在重重煙靄中，看上去莊嚴，縹緲[5]而且空靈。

天空青藍淨潔，恍如一匹未經漿洗過的丹士林布[6]。太陽剛剛昇出一竹竿高。一朵白雲在前面徘徊著。東南一角更湧起幾柱白中透點淺灰的雲朵。

天，和雲，和山的倒影，靜靜地躺在注滿了水的田隴裡。犁田的人把它們和著土塊帶水犁起，它們就和田裡茂盛的菁豆之類糾纏在犁頭上，像圍勃一般，犁走兩步就纏

1 磽（ㄑㄧㄠ）薄　土質硬，不肥沃的。

2 茅茨　兩種植物名。茅，禾本科，多年生草本，花序穗狀，密生白色柔毛。根莖橫生，有甜味，供藥用，有清熱、利尿和止血的作用，莖葉可供蓋屋、製繩等用。茨，草名，即蒺藜。

3 層巒疊嶂　形容山巒重疊的樣子。

4 屹立　高聳直立。

5 縹緲　高遠隱約的樣子。

6 丹士林布　臺灣早期曾流行過的一種藍色化學纖維布料。

成一大堆，好像整塊田都掛在那裡了，前邊的牛踉踉蹌蹌[7]，並且停下來。

犁擱淺了！

「嘔！」

犁田的人大聲叱喝，舉起牛鞭向空一揮。

「嘔！媽的，我揍死你！」

牛一驚，奮勇向前，兩條牛藤拉得就如兩條鋼索，然而好像在地上紮了根，祇是不動。這是難怪呢？天和山都掛到犁頭上來了，怎麼會拉得起！

犁田的人滿臉晦氣，彎腰去清除那些扭纏在一塊的累贅。故是犁又輕快起來了，牛在前面拉得十分有勁，人又有了吹口哨的心情。

犁罷田，便用十三齒耙「打粗坯」[8]。然後拿「盪棍」[9]盪平。至此，一塊田便像一領攤開了灰色毛氈，又平坦，又盪貼。

這就可以插秧了。

蒔田[10]的人全俯著腰，背向青天，彷彿一隻隻的昆蟲，然而這些昆蟲並不向前進，而是一隻隻的往後退著。男人光著暗紅色的背脊，太陽在那上面激起鋼鐵般的幽

7 踉踉蹌蹌　腳步不穩的樣子。

8 打粗坏　先將田地泡浸水約一日，經犁處理後，再以耙將土切細攪碎，以利整平之過程。坏，俗作「坯」。

9 盪棍　農具，約八尺至一丈長，指用桿平整壓土壤。

10 蒔田　種田。

鈍[11]的光閃，有如昆蟲的甲殼。然而晨風陣陣吹來了，給人們拂去了逐漸加強的暑熱。

年輕女人做田塍[12]，或砍除田塍及圳[13]溝兩旁的雜草。她們穿著艷麗的花布短衫，腰間用條花帶結紮著，那包在竹笠上的藍洋巾的尾帆，隨風飄揚著。她們一邊做著活，一邊用山歌和歡笑來裝點年輕活潑的生命。這是一朵一朵的花。這樣的花開遍了整個尖山洞田，把它點綴得十分鮮活可愛。

鷂[14]鷹在人們的頭頂的高空處非非非地鳴叫著，展開了大如車輪的勁翼畫著圓圈，一邊向著藏了野物的大地覓取自己所需要的東西，那是一條蛇，或一隻死野鼠。在這樣的時候那是很豐富的，祇在田塍上、草叢裡、或小坡上。牠們在半天裡翺翔著、找尋著、小腦袋機警地時而向左，時而向右地注視下面，忽然，牠猛的一擺身，以雷霆萬鈞[15]之勢俯衝直下。再飛起來時，牠的腳邊則已抓著一個很長的東西了。那是蛇。牠於是朝著山崖或樹林飛去。

整個田隴裡由東到西，再由南到北，都充滿著匆忙的人影，明朗快活的笑聲，山歌、小孩的尖叫、鳥鳴和水的無人能解的私語。土腥、草香、汗臭，及爛在田裡的菁豆和死了的生物的，那揉在一起的氣味在空氣中飄散著。太

---

11 幽鈍　暗沉。

12 塍（ㄔㄥˊ）　分隔稻田的界路。

13 圳（ㄗㄨㄣˋ）　田邊的水溝。

14 鷂　鳥名，鷹科。

15 雷霆萬鈞　比喻威力巨大，無法阻擋。

陽昇得更高了。

一切都集中於一個快樂而和諧的旋律裡，並朝著一個嚴肅的目的而滾動著，進行著。

那個蒔田班子裡有人唱著恆春小調：

思啊……想伊……。

——選自《鍾理和全集》

作品導讀

〈做田〉選自《鍾理和全集》，其特色在於取景的角度非常靈活，寫景的手法充滿變化。描寫時，情景交融，這是一幅層次分明的農村寫照。本文旨在說明傳統客家人所居住的環境不是寬闊的平原，而是與山爭地的貧瘠土壤，進而闡釋了那一代農民吃苦耐勞的本性，表達作者內心對農民的敬佩與讚頌。

全文大致可以分成五部分，第一部分由尖水洞田四面環山的景色寫起，轉入中央山脈，從「最外層造林局整理得最好的柚木埋遍了整面山谷，嫩綠而透明，呈著水彩的鮮豔顏色」，經過「次層是塗抹得最均勻的，鬱鬱蒼蒼的一片深青」，再到「最裡層高峰屹立，籠著紫色嵐氣，彷彿仙人穿在身上的道袍，峰頂裹在重重煙靄中，看上去莊嚴，縹緲而且空靈」，在作者的筆下，山的色彩深淺有致，霧的形貌虛無縹緲。第二部分作者描寫農民與牛一起犁田，從「犁田的人滿臉晦氣，彎腰去清除那些扭纏在一塊的累贅」之後，到「犁又輕快起來了，牛在前面拉得十分有勁，人又有了吹口哨的心情」，作者很巧妙地勾勒出農人心情的起伏。第三部分作者描繪農村耕種男女相映的畫面：「男人光著暗紅色的背脊，太陽在那上面激起鋼鐵般的幽鈍的光閃，有如昆蟲的甲殼」，而「年輕女人做田塍，或砍除田塍及圳溝兩旁的雜草」。第四部分作者把視覺引向天空的鷂鷹：「牠們在半天裡翱翔著、找尋著、小腦袋機警地時而向左，時而向右地注視下面，忽然，牠猛的一擺身，以雷霆萬鈞之勢俯衝直下。再飛起來時，牠的腳邊則已抓著一個很長的東西了。那是蛇。牠於是朝著山崖或樹林飛去。」第五部分展現整個田隴都充滿人影、笑聲、山歌與鳥鳴，作者帶著積極的心情，用輕鬆和諧的筆觸敘述農人開墾的艱辛，最後以「一切都集中於一個快樂而和諧的旋律裡」結束。

在修辭方面，本文使用了層遞、摹寫、譬喻、轉化、設問、類疊與映襯。文章一開頭，描寫中央山脈最外層、次層、最裡層等遠近有序的景色即是層遞。又「嫩綠而透明」、「鬱鬱蒼蒼的一片深青」、「籠著紫色嵐氣」、「一朵白雲在前面徘徊著」、「東南一角更湧起幾柱白中透點淺灰的雲朵」等，其中，嫩綠、深青、紫色、白雲、淺灰等色系十分豐富，故屬於視覺摹寫。此外，作者善用譬喻是本文的一大特色，例如：描寫「天空青藍淨潔，恍如一匹未經漿洗過的丹士林布」、用「彷彿一隻隻的昆蟲」形容勤奮的男子、用「一朵朵的花」形容女子的嬌媚等皆是譬喻。「天，和雲，和山的倒影，靜靜地躺在注滿了水的田隴裡」即是轉化。文章藉由男人的幽鈍穩健與女子的年輕活潑、犁的推動與犁的擱淺、貧瘠的開始與熨貼平順的到來等兩兩對比皆是映襯。

（林均珈）

日記三則

三月十日　星期一　農二月十五日

出美濃[1]，在途中遇著也要出村子去的鄰舍美福的女兒。小女孩似有難言的心事，問她話，吞吞吐吐，不肯直說，後來我提起了她的父親，她才說，她就是要出竹頭角找她的爸爸去的。他們最近揹柴揹得了百多塊錢，昨天他到旗山[2]領錢去了，就一直沒有回家，說不定他躲在竹頭角賭錢。又走了好遠，她又以低細得剛剛聽得見的聲調，斷斷續續地說：「我媽做了褥子[3]，天天只吃茄子和青菜，我們揹生揹死揹了百多元。他連鴨蛋也不買一隻給我媽吃。他只顧賭他的博。」到了竹頭角，我入理髮店小憩。她也就逕自尋她父親去了。然而不大一忽，我發現了她憑靠在橋欄在抹眼淚的姿影而大吃一驚。我走前去看，原來是她的父親不肯跟她回去，並且好像連領來的百元也輸光了不打緊，甚至又欠了人家許多錢。她一邊說一邊抽抽噎噎[4]地哭著。「我們米也浸了，昨天就要做粄子[5]掛紙[6]

1　美濃　指高雄縣美濃鎮。
2　旗山　指高雄縣旗山鎮。
3　做了褥子　本文指婦女剛生產完，正在「做月子」的意思。
4　抽抽噎噎　哭泣時口氣一吸一頓的樣子。
5　粄子　指一種寬大的麵條，即「粿仔條」。

的，可連個影子也見不著。他賭得高興，錢也輸沒了，媽在家裡直作急，要不是還沒滿月，她早晨就要追出來了！」

我心裡雖為她感到難受，卻一邊感到了驚異，瞧不出平日混頭混腦的，倒能為自己的家而分憂，甚至是痛哭流涕。這很使我生了想替她代勞的心思。好孩子呢！

我像堪輿家[7]跟龍[8]似的找了幾家，才在黃見順處見著他，我知道他是清楚我要找他而躲在這裡的。我以為自己是很明白賭徒的心理，只輕輕地把來意說明，並且告訴他，他家裡正在盼望他能把糖和豬肉買回去，好讓他們今天掛紙，他俯首靜聽，不說一句話，臉色卻紅了一陣又一陣，時而嘆息著，似在痛悔。也就出來了。他和見順借了幾個錢。

我看著他和他女兒上舖裡去買東西的背影，想起了前時因入屋時據說以後將和他在一個屋脊下共住的鄰人，他夫人的哥哥，沒有把他的生辰八字一塊合過，致使他家運衰落，而至今兩家不睦的就是他。在不久前自己家養的兩條近百的豬坯[9]被人捉去抵債的又是他，短某人廿五元在不到一年半之間，頭盤頭，利盤利[10]這樣算去百多元的也是他；然而做工得了百多元，他就拿去賭去了。這裡我像

6 掛紙　本文指臺灣習俗，以專用之紙為死者修理墓頂，即掃墓之意。
7 堪輿家　堪察地理以推斷吉凶的專家，俗稱「地理師」或「風水先生」。
8 跟龍　本文指風水家尋覓龍地。
9 豬坯　即將長大到足以宰殺的豬隻。
10 頭盤頭　利盤利，指本金生利息，利上滾利。

忽然又一次很清楚的看到了中國農民的那致人死地的病源：貧寒、多子、無智、愚頑……。

據說自今天開始繳煙，菸草[11]收買站擠滿了人，黑壓壓的。這些人全都一樣，像昨天才死了母親似的滿臉的晦氣[12]。由窗外看，只見鑑定員旁邊的長櫈上，並排兒坐了幾個不尋常的人物。靠這邊的是一個肥滿的穿黑色西服的中年男子，鼻下一撮日本式的牙刷鬚，甚覺礙目。他神氣地揮動著兩隻手，樣子像要找人打架。

後來我在車店裡聽著一個菸農搖頭嘆息地說：

「頭一次，就是三等四等，那以後還不是白送他嗎？他倒很客氣地勸你，要是種菸不合算，可以不種。你聽聽這話多氣人！沒有別的！」

四月十日　星期四　農三月十六日

佛祖誕辰，而且又是朝元寺開創紀念，寺裡大開法場，延納十方[13]善男信女，燒香頂拜。有老和尚在佛前敘說關於造佛起因和其沿革的演講，而且說法。

老和尚像和人生氣似的，語氣沒有節段，一瀉到底，一個頭戴英國在前世紀流行過的禮帽，身穿長袍的老居

11 煙草　一年生草本植物。葉可製捲煙或各種煙絲。煙草，同「菸草」。

12 晦氣　俗稱不吉利的倒霉氣。

13 十方　佛教用語。佛教以東、西、南、北、東南、西南、東北、西北、上、下為十方。泛指各處、各界。

士，大概是為了加強言語的效果，在每句末或者是句首，都加上了一個古怪的助詞，既像國語的「呢」，也像日本人慣用的「ネ」，倒使他的言語完全變質，本來是莊重的演說，祇好變成婦人的嘮叨了。

另一個穿米色西裝，金框眼鏡，鼻下一撮中國鬚的青年修行家，向其聽眾作獅子的咆哮。他好像精於雄辯術，聲氣輕重得體，論辯首尾貫串。隨著演講的內容，手在空中一起一落，做著各種姿態，好像聽眾明白了他的意思，便是如此這般。在演講中，他不時在段落間，口一張，現出一個微笑，而他的真誠，便好像也就由這個張開的洞漏掉了，剩下了做作和自負[14]。我聽著他的說法，一邊想，就是這個人勸人求解脫、求覺悟、求乾淨、求正心的人是否他也把自己算在裡面，這倒是很有趣的。

他們的說法，有一個共同點：他們把人和世，痛快而乾脆地加上十大罪狀；荒淫、酗酒、好鬪、爭訟、奢侈、貪慾；好像我們的生活，還不夠刻苦、不夠貧困。

我懶懶地聽著這些莊重的言詞，並不是為了他們離開現實，而是為了他們的造作和虛假。

八月五日　　星期六　　農六月廿六日

窮三代，富三代。

14 自負　對自己期望很高，或自以為了不起。「自負」有貶義，「自尊」則不帶褒貶，只是指尊重自己，不容他人侮辱。

鐵民[15]雖然不能完全演繹[16]地把這累積起來的人生經驗說明出來，但已能由社會學、心理學隱約地點示出那最隱微的因果的法則。在他那簡單而卻扼要的言詞中，已在閃著那科學的批判的精神片斷。

餵豬時，一個年可十七八的少年，手裡提著一隻裡面像是裝著罐頭之類的小包袱走近來。他像是招呼般的向我說：

「飼料寶！很好的豬飼料！經驗過嗎？」

「經驗過了！」我說：「不如吃豆餅呢！」

「是不是『火元』的？」他還不甘放棄他的希望。

「是的，沒有效力！」我又說。

他見宣傳無效，緘口無言。然而我的「汁」似乎引起了他的靈感。於是又開口問道：

「你是拌在熱『汁』裡吃的呢！那是不好的，那會──」少年含糊地說，沒有下文。可憐的宣傳員，他似乎還未能完全懂得他自己所要說的意思，那生物學和化學的原理和反應，可見他自己先就沒曾聽夠宣傳。停了一忽兒，他又吶吶[17]地說：

「那裡面有蟲子，開胃肚的蟲子。你要是拌熱汁，那是會把蟲子燙死的，燙死了蟲子，就失去效用了……」他所說的蟲子，當然是指酵菌和乳酸菌的吧。

15 鐵民　作者的兒子，即鍾鐵民。

16 演繹　由普通的原理以推斷特殊真相，與「歸納」相對。繹，延及。

17 吶吶　形容言語遲鈍。

聽著他說話，就像脖子被什麼給捏著似的不舒服。

少年宣傳員翻身走時，不提防跌了一跤。在他踉蹌[18]爬起時，我才認出了少年原來就是在不久前來摘楊桃，說是要買，結果卻是白給的那一位。

這回憶，也叫人不舒服。

少年，他已在學如何去騙人了。

——選自《鍾理和全集》

作品導讀

本文就形式來看，屬於應用文；但依所寫內容而言，則屬記敘文。第一則敘述作者鄰居美福的女兒非常懂事能為自己的家而分憂，以及她那個無智愚頑且嗜賭如命的父親。第二則描寫寺廟法場中身穿長袍說法的老和尚，以及另一個身穿米色西裝演講的青年修行家。第三則記敘手裡提著一隻小包袱推銷飼料且已學會騙人的少年。

這三則日記的特色在於作者將中國農民的貧寒、多子、無知、愚頑，以及貧窮農村的虛偽、狡詐、做作、自負等特質一一呈現出來，讓人讀了之後感觸良多，產生一種難以言喻的壓迫感。在第一則日記中，作者形容這位父親：「他夫人的哥哥，沒有把他的生辰八字一塊合過，致

18 踉蹌　腳步不穩的樣子。

使他家運衰落，而至今兩家不睦的就是他。在不久前自己家養的兩條近百的豬坯被人捉去抵債的又是他，短某人廿五元在不到一年半之間，頭盤頭，利盤利這樣算去百多元的也是他；然而做工得了百多元，他就拿去賭去了。」凸顯這位父親的愚昧無知，不禁讓人對他失望透頂。在第二則日記中，作者描述老和尚和青年修行家，「他們把人和世，痛快而乾脆地加上十大罪狀；荒淫、酗酒、好鬪、爭訟、奢侈、貪慾；好像我們的生活，還不夠刻苦、不夠貧困。」強調寺廟祭典在農村生活中佔有重要的地位，也正因為農民貧窮，才會被老和尚和青年修行家等「高人」誤導，以致產生一些不夠人性的行為與觀念。在第三則日記中，作者提到那位口才不佳，還妄想騙人的少年，着實令人難過，因為「少年，他已在學如何去騙人了。」

在修辭方面，本文使用了譬喻、類疊、摹寫，例如：「我像堪輿家跟龍似的找了幾家」即是譬喻；「臉色卻紅了一陣又一陣」即是類疊；「靠這邊的是一個肥滿的穿黑色西服的中年男子，鼻下一撮日本式的牙刷鬍，甚覺礙目」、「另一個穿米色西裝，金框眼鏡，鼻下一撮中國鬍的青年修行家，向其聽眾作獅子的咆哮」等皆是摹寫。尤其，本文出現許多客家語的詞彙：「做了褥子」、「粄子」、「掛紙」、「跟龍」、「豬坯」、「頭盤頭，利盤利」等，使得文章顯得逼真靈活。此外，在第三則日記中，作者安排少年和作者之間許多「對話」，突出少年這個人物的思想與性格。作者用輕描淡寫、平鋪直敘的方式來寫這三則作品，不僅在文字上顯得非常流暢，而且在人性上刻畫相當成功。從作品中，可以看出作者對農村生活觀察入微，他的內心蘊含深沉的、理智的情感。

作者晚年對生活、文學頗感到失望，然而，他在備嘗人間疾苦，三餐不繼的困境下，還能不改其志，像他這種堅忍不拔、追求理想的精神，實令人敬佩！

（林均珈）

延伸閱讀

一、羅尤莉：《鍾理和文學中的原鄉與鄉土》，東海大學中國文學研究所碩士論文，1995 年。

二、鍾肇政：《原鄉人：作家鍾理和的故事》，鍾理和文教基金會，2000 年。

三、翁小芬：《鍾理和笠山農場寫作研究》，東海大學中國文學研究所碩士論文，2000 年。

四、林玲燕：《從書寫治療看鍾理和生命情結的反思與超越》，中興大學中國文學研究所碩士論文，2005 年。

五、黃麗月：〈「中國作家」／「臺灣作家」：夢的兩端──解讀鍾理和返臺前後的作品〉，《漢學研究集刊》第 4 期，2007 年 6 月。

六、吳雅蓉：《超越悲劇的生命美學──論鍾理和及其文學》，國立中正大學中國文學研究所碩士論文，1998 年。

施翠峰

作者簡介

施翠峰（1925-），男，本名施振樞，50 年代與鍾肇政、文心等人創刊《文友通訊》，是「跨越語言的一代」，林海音喻為戰後第一位掌握中文創作的作者，也是當時兒童期刊《良友》、《學友》、《學伴》雜誌的撰稿者，對於台灣現代兒童文學發展，頗具貢獻。文藝創作以少年小說最著，發表時間集中於 1970 年代以前，後來轉向於民俗學與文化人類學之探討。代表著作有《愛恨交響曲》及《歸燕》等。

小賣過市

任何一個地方都有它特殊的小販，在街上叫賣，而這些小犯所賣的東西，也最能代表那個地方的風味。如果你整天閒在家裡，一定會發覺自早晨至深夜，每一個時刻都有著不同類型的小販，走過你家的門口，而他們的叫賣聲，有短促的，也有悠長的；有雄壯的，也有沉重的，頗富於情趣，可以說他們一天二十四小時，不斷地合奏著一枝結構龐大的「鄉土風味交響樂」。

假如以時間來分，在台灣的城市或鄉鎮，不管春夏秋冬，每天破曉的時候我們便會聽到一陣既不慢又不快的鈴聲：

「噹，噹，噹！噹，噹，噹！」

請讀者們不要誤以為是鐵路平交道上發出的火車即將通過的小鐘聲，也不要以為是學校上課鐘聲。這便是賣給我們下稀飯的醬菜攤車的叫賣鐘聲。台灣的「鄉土風味交響樂」，似乎是以這種鐘聲為序曲。

賣醬菜小販在台北市特別多，不過，他們各有各的地盤，絕不在同一時間同一地方唱對台。這些小販們，大多是用兩輪拖車，載著玻璃櫥，櫥裡分層分格，放著花生、豆腐干、醬瓜、大豆、鹹蛋、皮蛋等，凡是屬於早菜的，無不應有盡有。即使你只買二三塊錢，他們都是一樣和顏悅色的對待妳。

不過，最有意思的，是他們身上雖然沒有帶著鐘錶，可是，她們巡迴到你府上附近的時間卻很準確。比方說有一輛醬菜車今晨拉到你家門口噹噹響，明晨你一定會在同一時刻，聽到他光臨的聲音。於是，他們無形中便成為多數人的「晨鐘」。尤其主婦或燒飯的傭人們，一聽到這種小鐘聲，便立即停下工作，手拿碟子，從廚房跑出來，聚在車邊，花生一塊錢，醬瓜兩塊的選購著。

當顧客們散開了，他便雙手拉著車把，同時順手牽動著一條繫於玻璃櫥窗邊小鐘的鐵絲，噹噹作響，走向別的街巷去。

當早菜小販走過不久，你可能會聽到「嘟嘟嘟」的聲音。請不要誤會是馬路上吉普車的汽笛出了毛病，或是小孩在練習吹喇叭，那是賣豆腐的小販，正在吹著小號角兜售呢。

在同一時候，你有時還會聽到：

「油食粿，燒的油食粿！」（在台北卻叫做「油車果」;「燒的」是熱的意思）

這便是賣油條小販的叫賣聲。

接著你可能遠遠聽到「饅頭──豆⋯⋯沙包──」的叫聲，然後看到腳踏車後座載著裝滿饅頭或豆沙包的木箱的小販，疾駛而過。和饅頭算是姐妹食品的「大餅」也在這個時候出現。拷大餅本來是有固定陣地，當場現燒現賣，不過，也有由小販帶到街頭巷尾去叫賣的。這種大餅小餅，大多把大餅裝在扁筥裡，頂在頭上，肩膀肩著一個簡陋的竹架，以便隨時隨地可以停下來擺下攤子。

像這些食品一樣，與早餐有關的，尚有豆漿。但是，豆漿攤督社在屋簷下或騎樓下，沒有小販在街上叫賣，否則這一支「鄉土風味交響曲」的序曲，一定會更熱鬧的。

作品導讀

臺灣早期的都市生活較為保守，但是自八零年代以後，社會文化型態大為改變，經濟也大幅度的成長，提升了大家的生活方式及品味，轉變而來的是繁忙緊張的景象。然而當我們在閱讀「小賣過市」這篇文章時，它把我們的記憶拉回到了五〇、六〇年代臺灣昔日的街巷生態景觀，它是那樣的寧靜平和，小販的叫賣聲，從巷頭傳到巷尾，例如醬菜攤車，所販售的小菜，樣樣俱全，味道精美可口，每逢只要聽到門口「噹噹」的響聲，一定沒錯醬菜車已到來了，而且時間是那樣的精準，那輕輕的響聲，穿越了門縫窗簾，最後停住在你我的耳畔，猶如大家心目中的晨鐘般親切。

這篇「小賣過市」帶給我們無限的回憶——臺灣鄉土風情。然而這些雖屬於一些街巷中小吃瑣事，或街景片斷，但是它是屬於庶民化的，在精神內涵上是儉約純樸的，再而也讓我門領略到臺灣社會的轉變，從農業生活到工商社會的蛻變發展，漸漸突破了舊有的框架模式，一種多元式的生活樣貌就這樣水乳交融的呈現出來。

其實一篇好文章，它除了敘述個人的生活體驗外，更重要的是它能將一些歷史見聞也融會其中，讓讀者閱讀後在心中留下深刻的記憶，回想昔日生活的點滴，「小賣過市」文章不長，但是表達的技巧及敘述上已達到了市民生活史的境地。

（余崇生）

野柳仙蹤

好久以前，有一位美麗的仙女，在天上的蓮花池邊悠閒的漫步著，池塘裡蓮花盛開著，從那花蕊中不斷地散發出芬芳。

天上的早晨剛剛來臨。

仙女走近池邊，無意間從蓮葉空隙往下眺望，這蓮花池的下面，恰好是凡間的太平洋，當她定睛一看，卻看到一個島嶼，島上風光美麗如畫，尤其吸引她的，是一所有著許多奇岩怪石的海邊，於是，他翩然從天上下降，來到那人跡未至的海邊，漫步散心。

仙女在那裡徘徊了許久，然後在一塊岩石上坐下來，脫掉了隨便趿來[1]的那雙拖鞋，雙腳深入海裡戲水，傾聽著怒濤的狂歌，靜觀著碧波的閃映，不知時間的消逝。

「噹─噹─噹！」

忽然間，他輕微地聽到遙遠的從天上傳來的一陣鐘聲。顯然是天帝就要上朝了。仙女慌忙起身，迅即飛回天宮去，也許她離去時太倉促，終於在海邊留下了一隻拖鞋；至今它仍然放置在那裡，給那海濱點綴著神秘的情

1 趿（ㄊㄚ）來　穿來。

趣。

親愛的讀者們，這個故事是我杜撰的，民間並沒有這種傳說，可是，當你從基隆搭乘開往金山的公路汽車，行駛約莫三十分鐘，便可抵達萬里鄉的野柳海邊，當你親眼看到那隻石拖鞋時，你也許會像我那樣產生這種遐想吧。

野柳這個地名不知是怎麼取的，乍聽之下，以為那理一定是遍生也草以及柳樹，可是，事實上不然，除了水成岩的地、崖、和丘以外，壓根兒沒有樹木，甚至連藤蔓或羊齒類的小草都沒有。乍看之下這裡是相當荒涼的，然而當你留意觀看每一塊岩石，便會對於這造化的奇蹟，感到十分驚異。

海邊到處散佈著大大小小的岩石，有的像圓柱，有的像獸頭，有的像堡壘，有的像樹根，奇形怪狀真是瑰奇大觀。不，這簡直是一座上帝創造的藝術品露天展覽場。從具象美術到抽象美術，從古希臘羅馬的比武場、戲院到現代派摩天大樓，都可以從這些數不盡的岩石叢中尋找到。

我隨便在一塊圓型的岩石前面蹲下來。

喔！這明明是一座富麗堂皇的露天音樂台啊！圓蓋似乎塗過白色的油漆，周圍繞著水泥的欄杆，從屋頂的天花板上垂下幾盞輝煌的大吊燈，下面則排滿許多小座位。

這時海風應和著波浪的諧律，奏出天然的交響樂，在那裡，我聽到了修特拉斯的悠揚輕快的華爾滋曲，卡羅素的嘹喨歌喉，瑪莉安・安德遜的渾厚音色……。

當最後的曲子奏畢時，我又向前移走了一步。

抬頭看看接近海水的石崖處，在那小灣裡大小不一的岩石雪白如冰，與碧藍色的海浪相映，顯得格外神秘與寂靜。是的，我正站在南極的浮冰上。

在這一片大岩石上，我偶然發現一隻海龜，也許牠是上岸伏在在那裡曬太陽的吧。我怕驚擾了牠，躡手躡足[2]地走了過去。可是，奇怪的是他安靜的一動也不動，仔細端詳一下，才知道原來他也是一隻天然的石龜，真是鬼斧神工。

——如果說那隻拖鞋是仙女遺落的，那麼，這隻海龜是不是迷途忘返龍宮的使者呢？

在我還不能為這一隻海龜編造出一個適當的故事前，我的夢幻卻突然被脚下水窪子的一隻小孩的橡皮鞋擊碎了。

——這是前來戲水的孩童所遺棄的呢，或是從海裡打上岸來的呢？如果是會令人流下同情淚的遺物呢……哦！

剎那間，我的神智完全從幻影裡醒悟過來。

這時，大概已近中午了吧，兩三個剛才還在垂釣的漁夫，提著籃子走向歸途。我也悠然離開那裡，想回家去好好玩味大自然變化無窮的神技。

2 躡（ㄋㄧㄝˋ）手躡足　輕輕地走。

作品導讀

文章由自擬的神話故事入題，這則神話的內容隱含了仙女下凡的氛圍，而逐漸渲染開來，可謂引人入勝。其實這也貼切了題目中的「仙蹤」二字的寓意，在文中作者的構思極為敏捷，自仙女下凡，到忽聞由天上傳來的鐘聲，慌忙迅疾飛回天宮，卻忘了一雙拖鞋的轉折，構思上的確相當暢適，於是，野柳海邊的那雙石拖鞋也成了日後仙話傳說的材料了。

這則故事雖來自作者虛構，但神話的性格卻十分的濃厚，是那麼的令人遐想，文章中作者描繪了野柳的四周景物，同時也從景物的形狀比擬了諸種不同的動物樣貌，以一種鬼斧神工的巧妙手法雕琢，而呈現了各別不一的自然奧秘，在物貌與視覺的交錯中，那種奇幻的藝術感受，或是那形構組織，或是那奇石幻變，如此的令人驚嘆，景物怡人，似真似假，這樣的一種創造，怎能說不是來自天仙的神秘構設呢？

只要到過野柳，相信這則綠野仙蹤神話一定會靈動地留存在我們的腦海，狀似群獸的岩石，迷幻的海景，不論是乍看或靜觀，都會讓人感受到造化的神力，作者以簡潔的文字，浪漫的藝術構思，對台灣地理特色做了神話式的描述，彰顯了野柳風物的神秘情趣。

（余崇生）

延伸閱讀

一、劉淑惠：〈藝術家與旅行者——訪施翠峰先生〉，《文訊》第104期(民國83年6月)，頁106。

二、施翠峰：《乾隆遊江南》，東方出版社，1988年12月。

三、施翠峰：《神秘炫麗生命力：2005 亞太地區原始藝術特展》，行政院原住民委員會出版，2005年9月。

四、簡媜：〈叫賣聲〉，收入《夢遊書》，洪範出版社，1994年1月。

五、陳黎：〈聲音鐘〉，收入《聲音鐘：陳黎散文 1974-1991》，元尊文化，1997年9月。

郭楓

作者簡介

郭楓（1933 - ），本名郭少鳴。1954 年，與葉笛共同創辦《新地》文藝月刊，2007 年 9 月，將停刊十餘年的《新地文學》再度復刊。作品以文學論述、詩、散文為主，以藝術形式表現其對人群與鄉土的愛，熱愛故鄉，頗具民族情懷。曾獲府城文學特殊貢獻獎、台灣文學獎、巫永福文學評論獎，並於北京大學設立個人文學獎——「郭楓文學獎」。著作有《攬翠樓新詩》、《老家的樹》及《尋求一窗燈火》等。

台南思想起

——你是誰？你這孤獨的旅人，為何老是在這些古老的巷子徘徊？這是夏日的黃昏，艷紅的夕陽，正懸掛在安平港的海外，你該擁著美好的情懷，到海灘去傾聽那遠來的濤聲。要不，就跑到延平郡王祠，坐在後院那棵枯瘦的老梅下，去品嚐寂寞千古的況味。到了台南，不去探訪這些，你還想尋覓什麼？

——我，不是旅人，不是觀光的過客。回到台南，我是要訪尋故居，訪尋我年輕時候的腳印。台南，在我心靈中是一座永遠的城，無論我走到哪兒？永遠出現在我的夢境。

——哦！怪不得在你的眼中流露著濃郁的鄉愁。難道說，你是台南人？這兒是你生根的鄉土？

——若問我是不是台南人？我說：是，也不是。真的，我不知道自己究竟算是什麼地方人？我出生在大陸的北方，在出生地，我住的時間很短，短到還沒記憶的能力就離開。以後，我東漂西泊，許多城，許多村莊，許多陌生的地方，不斷從我眼前走過。要我怎麼說呢？或者我該說，我沒有什麼籍貫，我的籍貫寫在我的皮膚，寫在我的臉上，我是一個東西南北人。別問我是哪兒人吧！我覺得那不重要，重要的是要愛這土地，像孩子愛母親那樣。是的，我怎能抑制我的熱愛？為了哺育我而成長我的地方，是台南。

——你這浮萍無根的人哪！在台南，你曾住了多久？你曾有過什麼際遇，讓你對古城如此難以忘懷？

——想起在台南住過的時間，年輕的朋友呵，也許你還不能明白什麼是時間？三十年，在台南住了三十年！請看我兩鬢的白髮，三十年，如花的生命，在這兒，自開自落！三十年，台南的每一條街巷，血脈一般在我生命中伸延。我愛這古城，我熟悉這古城的每一種面貌，特別是，初來台南時，這古城的姿容，真是美得讓人心驚。

那時候的台南，啊！真是一座優美的花城。每條街道，鋪著高級瀝青，又平整，又乾淨，教人好想隨地躺下來睡一會兒。每條街道，路旁都聳立著高大的鳳凰樹，總有合抱那麼粗，枝葉搖曳，濃蔭蔽天，整齊地夾道搭起綠色的長廊，全城就浸漫在濃綠的樹海中。最迷人的時候，是當夏蟬響起第一聲嘶鳴，鳳凰花便火辣辣地燃燒，霎時[1]之間，就把沉靜的古都燒成映天的一片紅！照亮了走在樹下的人影，也照亮了年輕的心靈。那時候的台南，哪條街，哪條巷，沒有鳳凰樹！哪棵鳳凰樹不燃燒著南國的熱情？

那時候的台南，人們生活得像游在水中的魚，悠然來

1　霎（ㄕㄚˋ）　極短的時間。

去，沒有誰為什麼芝麻大的事和人紛爭。一輛單車遺忘在路旁，過兩天還會在那兒，不少人家，真是夜晚也懶得關上大門。平常，古城闃[2]靜得如同一冊歷史，你可以花許多時間，在林蔭道上閒踱，那些高挑的古老門廊和暗紅方磚砌造的宅院，展示著斑駁[3]的風痕雨跡，儘夠你去細讀。有時偶然一輛汽車緩緩地駛過，就很稀奇，就能招來孩子們指點討論老半天。可是，一到晚上，很多人都喜歡拖著木屐到街上蹓躂[4]，形形色色厚厚薄薄的木屐，在西門路夜市一帶，有韻味地敲打著，敲打出一片繁密的交響。

那時候的台南，人的感情真摯得像火，又熱烈，又透明。當我從戰亂的大陸漂流到這兒，就遇上豪爽的葉阿伯，這做工的葉丁做阿伯，愛養花，愛雕刻，也愛飲酒。他看出我少年的心中仍凝結著劫後的驚惶！便用他寬厚的大手，拍著我的肩膀，讓我加入他的孩子們行列。那些年，我們住的是竹子搭建的棚屋，吃的是蕃薯簽稀飯配著醬油拌豆腐，可是，我們過得快樂。我和阿伯的第三個孩子葉笛，親逾兄弟，在週末的午後，我們最喜歡到屋後的竹林裡去撒野、去唱歌。或者，邀些強說愁的朋友，躲在竹屋裡，談詩、談文學、談渺茫的人世。什麼時候聽到葉媽媽敲著鋁做的小盆，以高音喊著：「呷——飯——啦——」，我們知道已是黃昏了，才像一群小鳥似的飛落在她老人家

2 闃（ㄑㄩˋ）　寂靜無聲。
3 斑駁（ㄅㄛˊ）　色彩相雜不純。
4 蹓躂（ㄌㄧㄡˋ　˙ㄉㄚ）　閒逛、散步。

的跟前，……。

——謝謝你，先生。謝謝你告訴我這些台南的往事。我這個土生土長的台南人，做夢也難想到，古城曾有過那麼美麗的時光？真嚮往那樣的台南，真羨慕那樣的台南人。

先生，請看看現在的台南竟成了什麼樣子！台南人還在誇說台南是鳳凰城，可笑的是街道旁找不出一棵鳳凰樹。綠樹紅花，美麗清潔的台南哪兒去了？現在到處有污水垃圾，飛揚著灰塵和煙霧。和善而快樂的台南人哪兒去了？現在到處是喧嘩吵嚷，斤斤兩兩的你爭我奪。古城，文化古城的台南，古樸的文化遺風哪兒去了？現在把許多古蹟修得金碧輝煌，再也嗅不出一絲文化味兒。更別提那些古廟了，古老的竹溪寺、開元寺等等，早已蓋得像五顏六色的觀光飯店。

聽人說台北是學紐約，學東京，我們年輕人不敢說是不是真的，但是，說現在的台南是學台北，可真沒說錯。台南，文化古都的台南，文化已被污染，一切都已改變，再不是應該有的樣子。大概只有靠著度小月的擔仔麵，上帝廟邊再發號的粽子，夜市場裡南吉燒鳥，……靠這些小吃，來撐著古都的文化招牌。

——別憤慨啊，年輕的朋友，別對台南人失望。該知道，千千萬萬的台南人，可仍然是敦敦實實的老樣子。別因為看到那些在市面上遊走的，在各機關中鑽營的一群，就以為台南人都不可愛了！該知道，那些該詛咒的，乃是漂在水面的污穢，終將隨著水的流逝而沉積到水底。就像清朗的天空讓廢氣煙塵污染了，應當譴責的，不是清朗的天空為何變得迷茫，而是那造成污染的廢氣。懂嗎？

——讓我怎能不憤慨呢？先生，我們都愛台南，一個真正的台南人，對於古都現在的樣子，能夠不憤慨嗎？你知道不？這幾年，台南真變得可怕！在晚上，公園或什麼幽靜的地方，為了怕受到勒索搶劫，戀人們早就不敢前去談情說愛了。其實，就是大白天，單身婦女在路上遭到搶劫的事，也已不算新聞。至於那些酒廊、飯店和林立的「馬殺雞」理髮廳，埋藏著多少黃色和黑色的悲慘故事？就算這些都是物慾泛濫產生的病態吧！為什麼許多衣冠楚楚的人物，忽然撕破了那張高等人的臉譜，玩起倒債、倒店、倒會的把戲，捲款高飛，到美國、日本安享太平日子去了，留下成百上千的受害者，在無告的痛苦中掙扎！這樣的人心，不是太可怕了嗎？

——年輕的朋友，別憤慨呵！我知道你所說的都是事實，這些事報上也登出來過一些。但，年輕的朋友，徒然憤慨又有何用呢？只不過消耗了自己的熱情而已！如果屋子漏了，我們該仰天憤慨？還是該設法修補？如果在航行中遭到風暴，我們該遙望茫然的未來而憤慨？還是面對驚濤駭浪作勇敢的拼鬥？徒然憤慨又有何用呢？當然，我們更不能對台南人失望，別因為看到一些墮落的傢伙，把台南攪得烏煙瘴氣，就對整個台南失望了，該知道，千千萬萬的台南人，可仍是敦敦實實的老樣子。

別對台南失望，年輕的朋友，別對我們的大地失望。不論是在哪兒。只有沉默的土地，能給我們信心。不論是在哪兒？土地就是土地！在沉默的土地上，凡有根的，必然不會飄浮；凡是種子，必然能落地生根。不論是在哪兒，凡是能生根的種子，永遠戀念著親愛的鄉土。年輕的朋友，我們可以不相信什麼，我們必須相信我們親愛的土地。

——謝謝你，先生，你回到台南，可尋覓到什麼？

——我尋覓到心靈，美麗而善良的心靈。知道嗎？唯有美麗而善良的心靈，才是生命活力的源泉呵！在運河邊，在公園裡，在石鼎美古厝，在許多路許多角落，我都看到，那美麗而善良的心靈，在照耀……。

——1983 年 8 月 10 日，在台北木柵山下

作品導讀

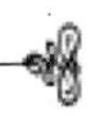

文章起始，作者先說明自己徘徊於台南古巷的情思不同於平常旅人，但他在尋覓些什麼呢？文末揭示出答案，原來作者要找的是心靈。中間五段則緊接著一問一答的方式，表示這位來追憶過往的，不是過客，亦非返鄉遊子，且進一步道出，自己雖出生於中國大陸北方，但只要認同這片土地，一樣是對自己成長的地方充滿情感。首段以設問句開端，一句「你是誰」，引起懸疑感，並畫龍點睛般

的提示台南的兩大景點「安平港」、「延平郡王祠」，那屬於旅人的去處。

不同於過客、旅人，作者對於古城的記憶與情感是全面的，以下則分述三十年前台南古城的風貌，娓娓道來，藉由作者三十年前的追憶，道出自幼至今，轉眼已經過了漫長的歲月，讓自己對過往的台南古城緬懷不已。首先是夏日街道上盛開的鳳凰花樹，燃燒著南國的熱情。其次是悠閒的生活步調，其三是作者以個人經歷，感受到真摯濃厚的人情味。「花城」一段，寫台南舊時街道上，鳳凰樹的姿態妍麗，色彩鮮活，頗具詩歌之美；而台南人的生活樸實愜意，令人嚮往；而與文友葉笛的結識過程，亦發生在這座有情有義的城市中。

其後更以年輕台南人口吻，對作者所言之往日台南表示認同，進而展開兩度批判。由於現代社會快速變遷，使得素有文化古都之稱的台南逐漸失去昔日風采，且純樸的民風早已蕩然無存。作者也兩度化身寬慰者的角色，並且說明儘管人心不古，世態多變，但只要不失望放棄，認同這塊土地，自然可以再次尋求美麗的心靈，因此結尾兩段，便是傳達出對鄉土的濃烈感情。

形式上最大特色在於以問答模式組成全篇脈絡，時而反詰，時而感慨，不同於一般平鋪直敘的懷鄉作品，單純投注對故鄉的深切情感，撩撥他鄉遊子的昔日記憶。作者善用寫作技巧，經過連續問答後，將台南今昔轉變兩相對照，進而凸顯出古城真正的文化價值，此不僅僅指台南，也是道出許多人對台灣社會亂象的種種消極抱怨。然而一味的埋怨與緬懷，是無意義的，與其如此，不如更為積極的愛鄉愛土，使人心恢復原有的真誠，找回那敦敦實實的老樣子，那善良而美麗的心靈。

（王秋文）

噢！阿里山啊！

我看到了這些，笑了。自己抖擻了一下，那種悲哀的念頭即刻飛走了。我重新覺悟到生命的剛毅、勇敢和火熱。

——1878・屠格涅夫

1. 前進的列車

我們登山了！我們，在前進的列車中。

山嶽，這自然底世界中偉大的家族，開始把它底瑰麗向我們展示，我們這些慣於在平地上縱橫的兩足動物們，剛才還在狂傲地高談著，現在卻突然地沉靜了，都失態地瞪大了眼，怔忡[1]地瞧著窗外。

窗外，光彩燦爛的，是我們已經失落了很久的、美麗的陽光。

在這金色的陽光下，岩石和林子靜靜地站立著；山風在和野草輕緩地密語著；趕著路的山泉，在得意地眨著眼；嘩笑著的溪澗也閃爍著滿臉的光彩；一切都沐浴在陽

1 怔忡（ㄓㄥ ㄔㄨㄥ） 驚悸的樣子。

光的愛撫裡。陽光啊！更以它神奇的手，給萬物以生命的裝飾。它撫摸岩石，反射著金黃的鋒芒，散佈著暗藍的陰影。它親吻著林子，給枝葉以新鮮的光澤，在那林蔭中畫著奇妙的光圈。它使花兒紅，草兒綠，流水滑潤，鳴禽婉囀。讓一切有生命的和無生命的，都能各得其所。山中的陽光啊！我不是第一次認識您，可是，每次重逢，我都會感到陌生的喜悅！

看到這純真而鮮麗的自然，我們像拾回了童年的夢似的，不能不驚駭於自己靈魂底斑剝了。大家最初是極端的靜謐，祇貪婪地向著車窗外，癡望著，癡望著。忽然，一聲低吟不知從誰的脣邊滑出，像一聲嘆息似的，頃刻間，便喚醒了全體的心靈。歌唱的風暴降臨了，高亢的、低沉的、顫動的、嘶啞的、不成腔調的歌聲，從每個人的口中流出。像吐出積在心胸中過久的抑鬱似的，混融成一片歌唱的波濤了。那麼盡情而舒暢啊！滿車的歌聲滿車的笑。連那位六十歲的乾癟[2]而冷漠的老太太，也毫無拘忌地唱了！這載滿了歡樂的列車，也以它興奮而昂揚的吼聲應和著。

哎！我可憐的同類們，不管你是年老的或年輕的、男的或女的，要唱的就唱吧，要大聲呼喊的就呼喊吧！我們在城市陰濕的屋子裡，拘禁得太久了，以致我們失去了表情也沒有了聲音。今天，每個人都打開塵封的心靈，向著

2 癟（ㄅㄧㄝˇ）　枯乾瘦弱。

這無遮攔的陽光，曝曬一下發霉的心田；迎著這呼嘯的山風，抖落我們靈魂上的塵土吧！我們本來就應該像那些草木，像那些嬌豔的山花一樣，自由自在地生長和呼吸著的。

讓這前進的列車，載著我們去追踪山風去尋找太陽的家鄉吧！唱吧！我可憐的同類們，無顧忌地流露你們的心聲吧！而我呢？我讓山花底嬌豔、草木底歡欣、岩石底冷峻、陽光底仁慈，以及夥伴們底童真所壓倒了。我是被一種感激之情所壓倒了。我底心靈像乍觸到那解凍後的春水似地，一種歡樂而又哀愁的情緒，一種驚異而又怯生生地的感覺，揉合著壓到了我。

獨自在車子的角落，我沉默，我欲涕泣！

2. 崎嶇的路

列車向山上爬著，喘著，牛也似的。

噢！阿里山啊！

爬過這道山坡，車子跨上了一座橋，這橋橫跨在兩山之間，兩端是插入雲霄的山峰，下面是直落千尋的幽澗，我們舉首看不到峰頂，祇能見到雲霧的繚繞；低頭也看不到澗底，祇能見到激流的飛沫。在這危疑險駭的境地，每個人都靜默了，每個人都不敢相信自己，祇得把自己的一切，都託付給車子和橋。

這橋樑是太古老了。雖然，在激流湍飛之中，它仍然能保持著屹立的姿態；可是強傲的形象，掩不住時間所給它的改變，也掩不住它原始的結構形式。也許在久遠的年代以前，它是年輕而值得驕傲的。也許它曾以那堅強的脊樑，馱[3]過了無數的車輛和過客。但是現在它是太蒼老了，需要讓更堅強的鋼樑，來代替它的位置了。當列車小心翼翼地在它上面蠕動的時候，它嘆息著、掙扎著，不勝負荷似的。於是，我底夥伴們，目瞪著那森寒幽深的崖澗，都驚駭地禁聲屏息了。

列車終於爬過橋了，但它立刻又投入黝黑的山洞之中，人們驚魂甫定的心靈又讓黑暗來統治了。這山洞似乎特別地長特別地幽暗，車子的煤煙從玻璃的隙縫中透進來，瀰漫著，像一陣黑色的毒霧，幾乎要把人窒息了。雖然，車廂裏的燈亮著，但它底光線是太微弱了，祇能無力地在中間畫一個昏黃的圓暈，角落裏，人們幾乎感覺不到光的照射，卻更濃地感到愁慘的景象。我巡視著沉默中的同伴們，在燈影煤霧中，所能見到的，乃是這幾張失神的臉孔：有的頹喪地低垂著，有的癡呆地向前凝望著，有的堅定地緊閉著嘴脣，有的毫無表情地打著哈欠……。再遠一些的，祇能看到模糊的輪廓和幢幢的影像了。我在望著望著，剎那間有一種奇異的思想鑽進我的心中，祇感覺到我們這一羣人，就像幽靈似的，正隨著命運的列車往不可知的方向前進。

3　馱（ㄊㄨㄛˊ）　背負、背載。

我底可笑的冥想被一聲歡呼打破了，這是那位緊閉著嘴的朋友所發出的。我們重新看到了亮光，我們通過這可詛咒的山洞了。而且，經過了這一段黝黑的路程，我們已經升臨在千仞絕嶺之上。地面上一切，都遠了、小了。那些市鎮集街，那些文明的同胞們營求徵逐的場所，現在都變成傀儡戲底道具了。再遠些祇見到一片迷濛的煙霧。一切塵俗的繁華，都像幻影似的消失了。

一切人造的假色彩，一切珍玉叮噹的惡聲音，都被我們拋得遠遠地、遠遠地、遠遠地了。

3. 形象和光影

呈現在我們眼底的景色是不可描述的，對於這瑰麗的大自然，假如誰想炫耀他底天才，恐怕祇能狼狽地感到自己的寒塵[4]了。

看哪！剛才我們翻過來的巨峯，現在都匍匐在腳底下，像似由地層下鑽出來的一個個巨大的綠色的野菰，它們把全部的奧秘，向我們裸露。紫色的薄霧籠罩著它們，綠色的林木裝飾著它們。那些峯頂：尖削的、渾圓的、平齊的、凹凸的。那些幽壑：深邃的、幽暗的、彎曲的、隱秘的。每一處都隨著太陽的方向和山巒的勢態，反射著透明的光彩：翠黃的、濃綠的、暗藍的、深紫的，是多麼鮮

4　寒塵　寒酸不體面、不大方。

麗的顏色，多麼瑰美的形象啊！但更美的是那些峯和谷的陰影，那些吸收了太陽的精華又揉合著森林的暗綠所融成的多樣的藍：淡青的藍、淺灰的藍、亮綠的藍、姹紫的藍……。交互地掩映著，變化著，猜不透的隱秘與神妙啊！這一切的形和影，光和色，明和暗，都像閃電似的照亮了我底心靈，使我底心靈漲滿幸福了。我猜想，在這些峯巒的更幽微處，一定隱藏著無數清淺的流泉，奇突的崖澗。如果我能幻變為孤雲或羽化成野鶴，任情而盡興地去訪問每一座峯頂每一處澗底，那該多麼美妙！但，這究竟是太虛幻的夢了，夢是不可捉摸的。

當我抬起了頭，就在我身邊，就在我眼前，什麼時候出現了這一片奇異的天地。哎！我底心靈是太飢渴了，以至我沉迷於遙遠的夢境而忘記了近前的，抓住了星星卻遺失了月亮。看看這身邊的流雲，看看這對面的奇峯，千古幽絕的靜和瞬息萬變的動，形成了最壯麗的妙境。這一道雄偉的山脈，綿延著不知道它的終端在何處。一排數十個峯頭，竟然密密地相連著，形成一道其巨無匹的峭壁，從煙繞雲環中崢嶸[5]地直插入青空。在這巨大的崖壁之上，沒有路徑，沒有鳥影，也沒有草叢和樹木，祇一片黑黝黝光禿禿的岩石，直上直下的矗立著。這不能稱之為山，應該是太古的城堡，不，它也不能稱為城堡——那城堡，恐怕還不如它一塊岩石的崔巍[6]——該稱之為自然底偉大的雕

5　崢嶸（ㄓㄥ　ㄖㄨㄥˊ）　山勢高峻突出的樣子。
6　崔巍　高峻的樣子。

塑！它那巍峨、峻峭、森嚴而不可動搖的形象，使人一經逼視便目眩神搖，而產生一種崇敬的心情，激發出無比的勇氣。——這才是真正的山，大自然所給予人們的莊嚴的模式。

讚美！讚美這山嶽的巉巖[7]，峯巒的巍峨。更該謳歌[8]讚美的，是那繚繞著山峯的白雲哪！它總是載負著人的心靈，去作怪誕的夢，去尋覓壯麗的遐想；白雲，或者該稱之為宇宙的精靈——我真不知道該如何狀述才好——它們繚繞在峰頂，迴環在山腰，或者飛飄在我們的腳下。濃厚些便一團團的閃耀著銀亮的光輝，稀薄些便一簇簇的鑲著多彩的花邊，更輕盈些的簡直就變成一縷縷薄紗，一綹綹[9]輕煙，一片片透明的羽翼，一絲絲閃著光的飛絮了。隨著高山上颯[10]爽的微颸[11]，它們飄忽地飛著風也似的，輕緩地流著水也似的，縹緲地隱現著謎也似的；它們自由地聚合，自由地分散，倏爾[12]之間，便有無窮的變化，任是誰也把握不住它們底形象。當你的目光去追踪那一綰[13]飛煙時，原來它早已消失不見。哎！這麼飄逸，這麼閒適的形影，不正是我昇華了的夢，長了翅膀的心靈麼？

7 巉（ㄔㄢˊ）巖　危峻的山石。
8 謳（ㄡ）歌　唱歌或歌詠以頌功德。
9 綹（ㄌㄧㄡˇ）　量詞。計算絲、線、髮、鬚等的單位。
10 颯（ㄙㄚˋ）爽　矯健強勁的樣子。
11 颸（ㄙ）　涼風。
12 倏（ㄕㄨˋ）爾　突然、很快的。
13 綰（ㄨㄢˇ）　繫結、盤結，如「綰髮」。此處作形容飛煙的單位詞。

每個人，都被這美妙的天地所迷醉了。每個人，都洋溢著滿懷的欣悅，蕩漾著滿臉的喜色了。——誰也不會想到路的崎嶇，山洞的黝黑了吧？——可是伙伴們，我們已經徜徉得太久了，該上車了，我們還得再向上爬哩！不錯，前面也許還有更險駭的道路，但前面一定有更燦爛的陽光，更自由的雲朵和更清爽的山風。

讓我們再唱一支歌吧！讓我們繼續向上奔赴吧！太陽雖然離我們還遙遠，白雲卻已經靠我們很近了。

4. 樹和樹和樹

我驚詫於這滿眼的綠色了！

在這阿里山之巔，到處都是森林，到處都是綠色，簡直是綠底山，綠底海，綠底家鄉啊！

這可不是在平地上樹木所有的顦顇[14]的綠色。那冶豔的鳳凰木、柔懦的相思樹、蒼老的古榕，……，祇能趨附炎熱的氣候，絕不適合這高山上森寒的氣息。這裡乃是松柏的世界。松柏，這種倔傲的樹，在平地上淹沒在各種雜樹中，懨懨[15]地毫無生意，現在卻有多麼煥發的色彩！

松木真是綠得太濃厚了，遠遠望去，祇見蓊蓊鬱鬱[16]的深綠中藏著暗黑；靠近一些方能看到那墨綠的針葉尖端

14 顦顇（ㄑㄧㄠˊ　ㄘㄨㄟˋ）　亦作「憔悴」，枯槁瘦病的樣子。
15 懨懨（ㄧㄢ）　困倦或憂鬱的樣子。
16 蓊（ㄨㄥˇ）鬱　草木茂盛的樣子。

上，有新發的翠黃；當我們進入林中，那蒼勁的枝葉，就像深海的波濤一樣帶著暗藍了。山風起了，搖撼著樹林，松濤呼嘯著、澎湃著，匯集成一闋雄偉的合唱，誰能懂得這悲愴的天籟呢！這一切，我是太熟悉了，這是我童年所失落而為我久久所懷念著的。哎！北方，那飛舞著風雪的大平原，那平原上的黑松林，埋藏著我多少童年的夢啊！這可敬的樹木，在童年時候，它那傲岸的姿態，它那挺立的樣子，我就深刻地愛慕著。如今，故鄉和童年是同其遙遠了，但松柏卻不管在那裡都一樣地青蔥[17]，我不禁地撫摸著一棵樹幹，呆呆地凝望著，很久，很久。

穿越過這座松林，神木在我們眼前出現了。伙伴們呼嘯著拉起手去圍抱這棵古老的樹。嚇！這真是一棵偉大的怪物，二十幾個人的合抱，才剛好把它圍住。可是，它所經歷的歲月實在是太久了，它已失去了所有的綠葉，祇留下乾枯的枝榦[18]。榦上的樹皮開始脫落，中心也有空洞，祇賸[19]下衰老的外殼在支持著。

不知道是春天消失得太早，還是我們來得太遲，當我們到櫻林中去尋找繁華的春夢，那菲薄的櫻花已是落英繽粉，遍地殘紅了。偶爾有些殘花敗蕊還寂寞地掛在枝頭，卻也經不住山風一吹，便紛紛零落，更顯出淒涼的景象。我看得出，風雅的紳士們失望了，多情的仕女也在嘆息，

17 青蔥　青翠的顏色。
18 榦（ㄍㄢˋ）　通「幹」。
19 賸（ㄕㄥˋ）　同「剩」。

許多人都沉默著，為櫻花的闌珊而戚然了。

我得承認我是個粗獷的人，踐踏著這滿地花瓣，我心中毫無憐惜。也許是因為我本來便不喜歡太過豔麗的花朵，我覺得太豔麗的都經不起時間的摧折。同時，我也不懂得陳舊和古老的風趣，我寧願把心血去灌溉那年輕的小樹。

且讓我獨行獨往吧！

松林有無限的蒼鬱，我不寂寞！

5. 永恆

我們在料峭的寒風中，攀登上這絕頂。

天空仍漠楞楞[20]地鐵青著臉，東方仍暗沉沉地，祇有一點灰白色的淡影，告訴人破曉的消息。下弦的月光卻朗朗地散布著銀輝，照耀著周遭一座座聳峙的巨靈，黑黝黝的更顯得崇高雄偉，宇宙啊！真是無比的莊嚴。

一切仍在矇矓的夢中，祇有我們一羣黑影，活動在這超絕人寰的尖峯之巔，在默祝，在期待。

守望夜的消逝，期待著偉大的黎明。

月光淡了，星星稀了，東方慢慢地白了。

哦！什麼時候霧已從山腰升起？霧，從群山的隱秘處向上升騰！啊！啊！這已不是霧，分明是濃密的雲層，大

20 漠楞楞（ㄌㄥˋ） 模糊不清。

塊大塊雲，漸漸地堆積，漸漸地上升。啊！啊！一瞬間雲層已變成無邊的波濤，漲起了，泛濫了，洶湧了。這奇異的雲濤、無聲地、迅速地，把一切都淹沒了。祇賸下幾座高峯，在浩瀚的雲海中，露出些尖頂像大洋中的點點孤島。

我們佇立在這孤島上，為大自然的幻術所迷惑驚駭了。如果不是憑著聽覺的辨別，僅靠著黎明的曙光，我們將無法辨認雲海的虛實的，雲濤一直湧到我們的腳下，一陣寒氣，沁入肺腑，使人的神思清爽，心靈振奮。看啊！一道道雪白的浪濤，翻騰著，滾動著，衝向岸邊，經晨風一吹，便雲消霧散，宛如飛花濺玉了。俄而無數的怪獸，昂頭搖尾地，從海底竄起，攪起了團團的漩渦與迴流，整個的海面，便又激蕩翻動了。浪頭推動著，依稀能見到捲起的浪花愈遠愈溟濛[21]，直到那雲天相連處，卻茫茫地變成一片混沌，什麼也分不清了。

這似幻似真，譎奇詭變的雲海，太善於愚弄人了；然而，它究竟祇是無聲無息的，究竟祇是一種空虛的形象，一種搖動的幻影罷了。它和人生一些也不相像，我不會把它當作人生的象徵。我知道，真實的生命世界就在這雲層下面，隨著黎明，這世界將活躍生動了。

東方！東方，生命之光在閃動了。

青色的光箭射出來了，接著是一蓬紫色的光液，擴散

21 溟濛　幽晦的樣子。亦作「冥蒙」、「冥濛」。

了，把半個天染成了明麗的藍。玫瑰色的紅暈閃動著，閃動著，分迸出大量的分圈：檸檬黃的光圈、楓葉赤的光圈、桔子橙的光圈……。錯綜而匯集的光之網，照亮了這睡夢中的世界。

偉大的火球露出來了。躍起！躍起！驀地裡，整個熾烈的朝旭，跳躍在山頭了。

白晝誕生了，滿天的明霞，閃耀著輝煌的異彩，繽紛的光波，形容著堅定的勝利。

力，力，永恆之力啊！

雲海騷動了，千萬條光亮的龍蛇，穿射進蒼白的雲堆。厚密的雲層，帶著幻滅的色彩，散開了，稀薄了，漸漸地在普照的金光裏消翳了。

大地甦醒了，一切隱沒的都再重現。普遍的歡騰：藍天興奮地漲紅著臉，空間到處都跳躍著金星，大地上一切的生命都感奮地滴著淚水……。

生命啊！剛毅與火熱的生命啊！我懂得了。

向著朝陽，我膜拜，我喃喃自語：

噢！阿里山！阿里山啊！

作品導讀

全文首先以屠格涅夫的名言錦句開端，藉以反映精神由於外界所見景物而振奮起來，並分「前進的列車」、「崎

嶇的路」、「形象和光影」、「樹和樹和樹」、「永恆」五個部分。

第一部分讚嘆大自然的美妙，以及重回大自然懷抱的喜悅，人們看著窗外的美景，便可獲得心靈解脫，放聲高歌，而作者個人則有種莫名的感動。

第二部分，接著寫火車登山的過程，火車橫越兩座山的橋樑，以及幽暗的山洞帶來的神秘感覺，並且以穿過山洞的火車，引領人們遠離世俗的塵囂。

第三部分，深刻描述山巒的多樣姿態：「那些峯頂：尖削的、渾圓的、平齊的、凹凸的，「那些幽壑：深邃的、幽暗的、彎曲的、隱秘的」，以及各種反射的色彩：「翠黃的、濃綠的、暗藍的、深紫的」，而山谷的陰影造成「多樣的藍：淡青的藍、淺灰的藍、亮綠的藍、姹紫的藍……」擅用一連續不斷的排比句，造成驚奇緊湊的效果，又兼以疊字方式多層次描繪山嵐雲彩，「濃厚些便一團團的閃耀著銀亮的光輝，稀薄些便一簇簇的鑲著多彩的花邊，更輕盈些的簡直就變成一縷縷薄紗，一絡絡輕煙，一片片透明的羽翼，一絲絲閃著光的飛絮了」，可謂一氣呵成。

第四部分以阿里山的松樹林為主，可謂情有獨鍾。反觀一般人所讚頌的神木、櫻花，在本文卻僅輕描幾筆，呈現作者不同於常人的獨特審美觀點。最後一段，即阿里山著名的日出美景，首先描摹雲海的壯麗，並作一小結，說明自己並不會將詭譎多變的雲海，視為人生的象徵，此處即是聯想到杜甫〈可嘆〉詩前四句「天上浮雲似白衣，斯須改變如蒼狗。古往今來共一時，人生萬事無不有」，反映出作者積極的人生觀。最後以多種顏色渲染日出奇景，如「青色的光箭」、「紫色的光液」、「明麗的藍」、「玫瑰色的紅暈」，以及光圈「檸檬黃」、「楓葉赤」、「桔子橙」等豐富色彩，並且在旭日東昇之後，歌頌日出帶來「永恆的力」，喚醒大地一切生命，令人不由得感動讚嘆造物者之魅力。

（王秋文）

延伸閱讀

一、李姿玲：《郭楓及其文學作品研究》，國立台灣師範大學國文學系碩士論文，2008 年 6 月。

二、李安東：〈才氣、勇氣和流氣——郭楓作品藝術論〉，選自《墨走集》，吉林：吉林文史出版社，2004 年 12 月。

三、郭楓著、彭瑞金編：《郭楓集》，國立台灣文學館出版，2009 年 7 月。

四、彭瑞金：〈郭楓的詩與人〉，《文學台灣》，2008 年 1 月，頁 249-259。

五、宋雅姿：〈一生為文學拚搏——郭楓的冷路與熱情〉，《文訊》，2007 年 2 月，頁 12-21。

許達然

作者簡介

許達然（1940 - ），本名許文雄，台南市人。曾任《野風》雜誌編輯、《文季》文學雙月刊編委、籌組台灣文學研究會，為第一屆召集人。現已退休，旅居美國，並為美國西北大學榮譽教授。創作文類以散文為主，兼及詩，以寫抒情詩的手法來寫散文，以歷史哲學的冷肅和詩的熱情塑造出自己的特殊形貌。在詩作上，則講求語言的張力，曾獲吳濁流文學獎、府城文學獎特殊貢獻獎、吳三連文學獎等獎項。著作有《含淚的微笑》、《同情的理解》等。

去看壯麗

我要欣賞壯麗，朋友帶我去島的南端，因為那裡有人，有山林，還有海。

那片海二十五年前看過的。那時大學剛畢業，有很多關懷，一些凝望。要注視生活了二十一年的泥土，去體會瀕海的鹹苦，結識了瓊麻和林投樹。它們都是從外地移植來的，愛上貧瘠的沙土後把島當故鄉；林投要留住登陸的風，瓊麻可搓成繩。

懷念如繩引我們到墾丁。墾丁的後代早已散開了，留下的樹簇擁而來，上千不同難懂的學名抱住一樣蒼翠的自然。自然我們爬上高處，眺望濃密的綠意，海豪爽接過去給湛藍伸展。展開的應該浩蕩，卻賴著台灣電力公司核能三廠，雖嚇不跑風可把景擠扁了。

既然為滄淼而來，就上佳樂水。水永不疲憊成群湧來要和崖崢嶸，島都不肯收。水堅持上岸後只得又把自己帶去流浪，淚成波，盪成濤，拒絕被太陽煮滾，嘹喨[1]傾洩著什麼。海大概自從把天倒過來後就藍得不舒服而滔滔翻騰了。

1 嘹喨（ㄌㄧㄠˊ ㄌㄧㄤˋ） 聲音清澈而響亮。

要接近翻騰，我們下去，到岩礁漫步。沙岩和頁岩靜默相連的結構，時間沖不走，海水雕刻後還著色。岩礁間，不知名的植物默默生長；岩礁上，不知名的動物默默蠕動，水莞花默默綻放。我們從一塊堅硬的沉默走到另一塊沉默的堅硬，猜它們的堅硬像床，像桌子，像棋盤，像軍艦；說它們的沉默像農夫的肩膀，像粼粼[2]的波紋，也像某些動物的臉，但沒有一個像人與豬。不管像什麼，海水要爬上來看自己沖洗的成績；恍惚承認所有的成績只有滄桑，湍急溜回瀲灩[3]時，猛然潑濺，做不了雪，霎時又跳入浪。我們趨前掬起，嚐嚐海鹹鹹的激情。隨我們高興，愛怎樣表達就想像什麼。海水有時不同意，向我們沖擊，然後也跟我們笑得很爽朗。

爽朗的還有別地，朋友帶我去貓鼻頭。岬[4]上看去，心情該是豁達的。想起在我工作的地方，從研究室向外望也有浪濤，但那是湖的。湖再大畢竟被陸地包圍，被包圍的算什麼遼闊呢？即使這海的澎湃也只是表面的起伏而已。底下許多生物自由自主多采多姿的生活才是豐富的內容。然而海卻呼嘯著，似乎哀悼珊瑚被核能廠的熱廢水活活逼死。海也許抗議連鳥都少飛來。沒有鄉愁的海鳥能飛到那裡？島上還有未倒下的樹林可以棲息，那就飛來吧！設置陷阱迷網的曾表示不再亂抓了。海不相信，仍嘶喊

2 粼粼（ㄌㄧㄣˊ　ㄌㄧㄣˊ）　水流清澈的樣子。

3 瀲灩（ㄌㄧㄢˋ　ㄧㄢˋ）　水波相映的樣子。

4 岬（ㄐㄧㄚˇ）　地理學上指伸入海中的尖形陸地。

著。

海有島作伴最高興了。不知什麼時候，這島浮起神話似的美麗。四、五千年前先民已生活，四百年前漢人航海而來，奮鬥要建立新社會；但貪婪權力的卻壓制居民的權利，使要創造的島處處創傷。一八七七年漢人也來島的南端開墾。一百年後不是墾丁後代的官僚，未經人民允許就擅造違章建築，即使陸沉也死要發財發電。然而靜觀幾千年的景致已愛戀台灣，寧是小島上的一點也不願是大海中的一片，任海怎樣呼喚都不回到水裡了。滿天驚惶，核能廠的夕照像沾血的怪物增加恐怖。而雲翳已抱著太陽栽進海，太陽雖溺不死，黃昏可夠慘的。

那夜，睡不著的海如負傷的巨獸呻吟。只是分不清陣痛是海的清醒還是我們的失眠。

醒後和黎明到沙灘。既不願亂跑又無嬉浪的心情，我們就走著談著。我們談起清流是還有些，要流向廣闊的人間，沒被踢開，卻被垃圾堵塞。我們感慨知識份子蔑視社會意識，社會上一般人流放文化意識。而我們明知政治操縱文化，卻仍想結合社會與文化意識，連海都覺得我們太天真而詭譎笑著。

然而有意義的事總要做的。沙灘什麼都不做就沉默，海水爭著撲來，似乎不要我們的腳印陷入沙灘的沉默，似乎要洗濯陸地上沉默的污穢。所有的洶湧不必注釋，我們都按自己的心情去猜。最了解海的莫過於漁夫了。他們的船是航行的孤島，無依無靠，用生命和海打賭，賭不到魚無飯吃，打太多魚價卻低。而今單調的馬達聲切不斷海的韻律，或許把魚嚇走了。單調網的一定是魚苗，朋友說，不遠航怎可能網到大魚？

朋友凝注著海浪，我凝注他深邃眼眸裡的波濤，意志昂然，都不交給海，要留在島上。島雖窄，可有我們走不破的街路，看不盡的市鎮，聽不完的鄉村，想不厭的人民。島雖小，但天大海寬，不像溪湖容易被操縱。有海可看的人民應比僅想江山的統治者心胸開朗。在島上，他比我住得還久愛得更深。他盯著喧騰，說我們沒有理由沉默。一個人離開養育的土地，怎樣關懷都落空，再激昂也不過像海，擁向島都抱不住都被沙灘推開，咕嚕著夢囈而已。所有航海的故事，我們仍然熟悉：都是為了回到土地。飛越無情海的據說都是要尋求有情的土地。情，我們不必尋求，地在這裡，情就在這裡。島雖窄小，屬於島的心懷可曠達。再怎樣憂慮，仰望可能有希望。然而與其壯志凝視美麗，不如變成被凝視的部分，參與壯舉，屬於壯麗。

海把豪邁給我，我都帶走了。離開墾丁的時候，沙丘上馬鞍藤開著花匍匐[5]，核能廠隆起如墓，風嗟嘆搖著林投。瓊麻已不必再做繩，隨臺灣遠航了。寧守著島的綠意，看不安寧的海，活潑著什麼。

——選自《同情的理解》，1990 年 4 月 5 日

5　匍匐（ㄆㄨˊ　ㄈㄨˊ）　手足伏地爬行。

作品導讀

本文描寫作者到墾丁欣賞壯麗的風景，這壯麗的美感感受或源自海。全文即以海為論述對象，凸顯大海在現代工業社會的侵襲下，生態環境逐漸遭受破壞的悲慘景況，並昭示讀者應真心愛惜這片有情土地。

首段即精準點出全篇主旨，採用破題法，直指那壯麗風景的所在地乃在「島的南端」，道出地點、目的，即壯麗主題。作者擅長以擬人的技巧，不僅可以「結識」了瓊麻和林投樹，而自然萬物本身也帶有感情，如「海豪爽接過去給湛藍伸展」、又如「水永不疲憊成群湧來要和崖崢嶸，島都不肯收」、「海水要爬上來看自己沖洗的成績」等，運用擬人修辭使大自然景觀彷彿具有人性一般，將人與自然的關係在筆下變得更為和諧，而又以海作為主角，使得海具有獨特人格。此外，本文亦偶用頂真技巧，使文章更為流轉多變，如「懷念如繩引我們到墾丁。墾丁的後代早已散開了」；「上千不同難懂的學名抱住一樣蒼翠的自然。自然我們爬上高處」；「海把豪邁給我，我都帶走了」。或者作為前後兩段的聯繫，如第二段末句「瓊麻可搓成繩」與第三段首句「懷念如繩引我們到墾丁」；第四、五段的「翻騰」；第五、六段的「爽朗」均是。

在回憶的引領之下，作者重返墾丁，於高處眺望濃密的綠意，不諱言直指「核三廠」蠻橫的存在使地上景觀產生變化，當他轉往佳樂水，隨著腳步移動，眼見翻騰的海水與堅硬的岩礁，而海水在直爽開朗之中，其實暗藏悲慨，呼嘯中哀悼珊瑚因核廢水熱死，嘶喊中為失去棲息地的鳥群提出抗議。

作者轉移情感於海的身上，使海洋溢充沛感情，藉由海的意志傳達不滿，也表達著個人對臺灣土地的關懷，以及情感昂揚的襟懷，因此，作者提出「不如變成被凝視的部分」，亦即指人應該擁抱大地，以大自然的一份子自居，藉此表達著對這片土地的感情，呈現出作者的細膩觀察與充沛的情感。去看「壯麗」，不僅是對自然景觀的詠嘆，更有一股積極維持生態自然的理想。

（王秋文）

家在台南

火車穿著夜向南疾駛，我凝視窗上的臉。臉如果在白天就可貼著台灣的風景，風景牽動著我的思緒。思緒二十五年前追著田，田接力賽跑，比的都是綠。綠過北回歸線轉黑後，蛙聲送我回台南。走出火車站，沿著中山路，暗淡燈光裡依稀看出高等法院分院的莊嚴。經省立醫院，穿過民生綠園，走入中正路燈就較亮了。過了希臘羅馬式建築的土地銀行，兩旁商店相連，店前椰子樹陪我回家。家在鬧區，再喧聒都已習慣了。習慣晚間看完書後守在窗口，看逛街的人群，守不住的時間隨人群走過。

「外面一片黑暗，沒什麼可看的了。你在想什麼？想家？」他看我點頭。

「家在彰化、斗六、嘉義、台南？」他看我點頭。

「台南曾是我最喜愛的地方。二十年前在那裡當兵。那時台南真美麗，一出去就碰到古蹟。走到民權路的古井，已枯了，卻流著傳說：十五世紀鄭和下西洋的太監王三保曾來這裡汲水。傳說不可信。歷史上十七世紀井邊是渡口，移民上岸後在島上發展。這井也許是台灣史最值得紀念的象徵了。巷像典故。沿民權路去社教館聽音樂，踱到館後，豁然看見小池，池邊疊石，池上亭樹。我喜歡那原是道光年間建的吳園遺址的幽靜，假日常去胡思亂想。要不就循著公園路的鳳凰木到市立圖書館看書。如無看書的心情就看廟。街巷有廟，廟內還有廟。曾去一間福隆宮，廟內坐著一個保生大帝和一個老頭，我問老頭在廟內做什麼？他答看廟。我說廟有神還要人看嗎？他和藹微笑。台南就像那老頭，保守質樸殷勤；諷刺他，他還請我吃茶，卻發現只有一個茶杯。我問路，他親切說明後，還擔心我不知道怎麼走，送我出來時天也黑了。街燈亮起來，木屐聲彷彿敲木魚，奏著無譜的韻律。韻律最古雅的是安平。在運河坐船，到安平上岸，沿碼頭看妙壽宮和天后宮後就是古堡。古堡前的磚牆是三百年斑剝[1]的壁畫，仍可嗅出拓荒的土味。有棵榕樹怕它倒塌，緊緊抱著。在台南住了一年，我抱著歷史心情到基隆教書。每次回屏東都經過台南。前年下車，驚奇連台南也變了。法院改建成呆板的現代式。民生綠園封閉，圍著標語：『政府和民眾，永遠在一起』『人人防火，家家平安』，只好繞過去。忠義路要擴寬，把土地銀行大理石牆壁切斷。路上看不到鳳凰木、椰子樹了，樹不犯法，卻依法砍掉。前人種，後人砍，據說那是發展。沿著中正路，從前的戲院已改成百貨公司和銀行。走到底，運河口不見了，填上又髒又亂的中國城，連標語『髒亂就是落伍，整潔才合衛生』也是髒的。我受不了，很快就走出。去看古井，已蓋上鐵板，任

1　斑剝　斑駁剝落。

人踐踏，任車輾過。蓋住或撤走歷史只是搗亂人民的記憶，然而歷史已成了我們自己的一部分，我們能把自己趕到那裡呢？我覺得台南趕我走。走到火車站前看鄭成功，他鬍鬚彎曲，顯然很生氣。從前他看到我時，都是笑咪咪的。」

沒有微笑，他沉默了，凝視窗外的黑暗。我轉向窗，看到在我們的臉外，黑暗隆隆呼嘯跑著。跑過新營，還聽不到嘓嘓聲[2]，蛙很多已被農藥毒死了。很多已黯然失去了，然而我把所記得的都帶回來了。

「台南，台南到了，下車的旅客請不要忘記帶自己的東西。」

——1986 年 3 月 18 日

作品導讀

本文以搭乘往台南的火車途中，作者藉曾旅居台南一年的屏東人觀點，陳述對台南的緬懷與印象轉變，最後則隱喻儘管逝去的回憶不再，但對台南的記憶依然存在。

首段以連續數個頂真技巧，使文氣語句綿密不斷，包括「臉」、「風景」、「思緒」、「田」、「綠」，也點出「蛙聲」送作者回台南，且走出火車站後，所經過各處路口建

2　嘓嘓（ㄍㄨㄛ ㄍㄨㄛ）　形容青蛙的鳴叫聲。

築，均一一指出，最末再度運用「家」、「習慣」二組頂真，首段共計使用七組頂真。此不僅反映作者腦中回憶畫面快速變換，也呈現出火車疾駛奔馳的感覺。之後，假託問答方式提出對台南的懷念，且以「他看我點頭」，表示作者不發一語，僅以點頭回應該旅客，至於這位二十前曾在台南當兵的旅客，相較之下，一提起台南，就展現其口若懸河的言論，欲罷不能。在首段，作者腦中快速閃過而又靜謐的台南印象，與這名旅客口中滔滔不絕的數落，兩者成為強烈的對比。

從作者與該旅客對台南的印象中，作者著重在家的感覺，所回憶的一切都是回家所必經之路，而該旅客則是以整個台南為對象，對他而言，台南是文化古都，古蹟隨處可見，比方強調台南的人情味，如「台南就像那老頭，保守質樸殷勤」，如木屐聲音使台南更有樸拙之美，然而自從離開台南之後，台南因社會快速變遷而使歷史文化古都的美感消失殆盡。他甚至表示「我覺得台南趕我走。走到火車站前看鄭成功，他鬍鬚彎曲，顯然很生氣。從前他看到我時，都是笑咪咪的。」傳達對台南今昔市容迥異的強烈批判。

最後儘管旅客義憤填膺，作者卻未發一語，兩人同時沉默，火車過了新營，即將抵達台南時，作者當下卻未聽見蛙聲相迎，內心雖有遺憾，卻仍珍惜所擁有的美好回憶。結尾以「台南，台南到了，下車的旅客請不要忘記帶自己的東西。」除了營造火車上在下車時廣播叮嚀，將時空拉回現實，同時也是承接前段「很多已黯然失去了，然而我把所記得的都帶回來了」。不同於旅客認為台南排斥著人們，而作者反而以結尾提醒，台南是他抵達的終點，只要家在台南，他就能帶著家的感覺回到台南。

（王秋文）

延伸閱讀

一、應鳳凰：〈論許達然散文的藝術性與台灣性〉，《新地文學》第三期，2008 年 3 月，頁 25-52。

二、楊渡：〈冷箭與投槍——讀許達然散文的隨想〉，《台灣文藝》第 95 期，1985 年 7 月，頁 51-60。

三、羅秀菊：〈同情的理解——我對許達然散文的理解〉，《台灣文藝》第 155 期，1996 年 6 月，頁 47-52。

四、詹文凱：〈一支年輕的筆：簡介許達然的散文〉，《台大代聯會訊》第 152 期，1983 年 12 月。

五、郭楓：〈人的文學和文學的人：許達然散文藝術初探〉，《新書月刊》第 21 期，1985 年 6 月，頁 14-18。

六、陳淑貞：《許達然散文研究》，台北縣政府文化局出版，2006 年 12 月。

鍾鐵民

作者簡介

鍾鐵民（1941 - ），屏東客家人。繼承父親鍾理和的風格，題材多取自美濃客家人，被稱為「農民作家」。曾任美濃國中、旗美高中等國文老師，現已退休。與文化界人士共同建立「鍾理和紀念館」，對蒐集臺灣近、現代作家資料，頗有貢獻。著有：《石罅中的小花》、《菸田》、《雨後》、《鍾鐵民集》、《山城棲地》等書。

大蕃薯

外祖父去世時才四十歲，留下母親等子女六人。母親最大也不過十五歲，小阿姨才幾個月大，家中沒有財產，耕種的幾分薄田還是承租來的呢！外祖父要外祖母把最小的孩子交給親戚收養。那時抱養女的情形很普遍，窮人家孩子又多，不送人怎麼辦？但是外祖母不肯，聽說她安慰外祖父說：「你放心，我田裡多種一條蕃薯，田尾多種一條蕃薯，就能餵飽她。」

小阿姨果然沒有送人家做養女。小時候聽母親敘說這事時，看著花一般美麗出色的小阿姨，還真相信小阿姨是兩條蕃薯養出來的哩！

家鄉竹頭莊園[1]地多，蕃薯長得多又好，家家戶戶都種蕃薯，每到收穫的時節一牛車一牛車搬回家，堆積的滿倉滿室。雞吃、狗吃、豬吃、孩子也吃。既是零食點心，也是正餐主食。餵雞餵豬的整條用出灶大鍋煮熟，早晚摻合粗糠[2]放在雞槽中任雞啄食。孩子餵雞鴨時挑出光整的自己先咬幾口，雞鴨餵飽了，人也吃得差不多飽了。當作主食的蕃薯則先刷成簽條，摻合一點點不成比例的白米煮

1 園　種植蔬果、花木的園地。
2 糠　穀類顆粒上脫下來的皮殼。

成飯。蕃薯有汁液，在飯鍋底下總會結成一層褐色的鍋巴，所以蕃薯飯甜甜膩膩中帶有點焦味煙味。如果配上鹹魚醬蘿蔔之類，年輕的小伙子可以一口氣吃六七碗。

竹頭莊的壯丁工作勤奮，在外面不論做什麼都帶點憨勁不顧死生。小時候就常聽到鎮上的人取笑我們竹頭莊的人說：「竹頭莊的後生是吃蕃薯的，力氣大。」

我不知道吃蕃薯是不是力氣大些。但在日據後期，鄉間有很多人完全以蕃薯當作主食。白米太稀罕了。吃蕃薯除了肚子稍大食量增大外，倒也不曾聽說過有營養不良的事。我們都知道蕃薯可以療飢，但是在吃蕃薯的那幾年，我實在是極感無奈的，我覺得芋頭就比蕃薯爽口多了。母親曾告訴我這樣的故事：有一個偏心的後母，天天讓親生的女兒吃可口的芋頭，卻讓前娘女吃蕃薯，結果是前娘女長得又好又壯，自己的女兒吃得又瘦又乾。結論是害人反害己。附帶說明了蕃薯是可以養人的。是好東西。

蕃薯是原產南美洲的植物，當地土人視為至寶非常嚴密的保護著不使外傳。但是它實在生命力太強了，塊根的蕃薯切開來一片片都能發芽生長，它蔓延的爬藤剪下來一小段一小段全部都能著土即活。不怕嚴熱乾旱，在鬆軟的砂圃上蕃薯結得更好更大。大概是明朝時代輾轉傳到中國東南沿海。靠著可貴的食物，養活了多少窮苦的百姓。台灣早期先民渡海墾荒，如果沒有這易長易種的糧食，哪有那麼容易的？據我所知，本鎮開莊時也是從種植蕃薯開始，成功後才入墾定居的。

蕃薯在缺糧時代不知救了多少人命。它全身上下沒有一點浪費。它的藤葉是最好的飼料，早期養豬是農村家家不可少的副業，餵豬的汁湯就是蕃薯藤和葉剁細煮熟，再摻上飯湯洗米水調合而成的。割豬菜剁豬菜和煮「汁」是農村婦女份內工作。現在三、四十歲的農村婦女，她們左手食指很少沒有纍纍[3]刀傷疤痕的，這都是剁豬菜留下來的標記。蕃薯是地下塊根的部分，除現吃以外還可以刷成簽條曬乾貯存。簽條用水先洗過，水中沉澱下來的白色粉末就是蕃薯粉。蕃薯的貢獻太大了。

南台灣蕃薯一年數熟。家鄉竹頭莊的蕃薯特別好。據傳前清時莊中舉人黃金團到北京考上進士，他曾進貢皇上特產的蕃薯乾，怕蕃薯低賤，他改稱「地瓜」。皇上親嘗後十分讚賞，而經過天子金口封賞，所以竹頭莊的地瓜就更甜美了。當糧食用的蕃薯要求大產量，有一種稱作「斗粟」的品種就普遍被栽種。另有一種小蕃薯叫「白葉青心」的，農人們種來當點心食品，並不普遍，收成後常分送親友。「白葉青心」每條大小如嬰兒拳頭，細細長長。母親整畚箕[4]堆貯在倉房角落，等一個月以後搬出來兩端削個缺口，洗淨後用大鐵鍋放滿水慢慢熬煮，水分漸漸減少，也漸漸變稠。母親用鍋鏟一鏟把稠稠的水鏟起澆在蕃薯上面，不久稠稠的汁液轉褐成了稀稀的膠質糖膏，在蕃薯表面形成一層糖衣。起鍋後就是甜得使牙齒發軟的蕃薯

3　纍纍　重疊的樣子。
4　畚箕　盛土的竹器。

糖了。吃不完的還可以曬乾久藏。如果真的進士黃金團進貢給皇上「地瓜」，應該是這種曬乾的蕃薯糖吧！

吃蕃薯最大的壞處是漲氣。太多的蕃薯在腸內產生大量廢氣，所以在吃蕃薯的那些歲月，每一個人都很能放屁，或輕或重或連珠。有關放屁的笑話特別多，那時布料奇缺，有一種據說是用香蕉樹纖維織成的布叫做「壞拔」，看起來亮麗卻像紙張一樣脆弱，聽說有人的新褲子就因蕃薯吃多了，一陣響屁被轟得穿了大洞。

比起白米，蕃薯在鄉間的身價是賤得多了。大概就是因為蕃薯易種易長，無處不有，雖然他們靠它救命解飢，卻不肯給它較高的評價，這是很不公平的。

我們鄉下稱人「蕃薯」，就是罵人愚不可及的意思。稱人「大條」，就是「大蕃薯」，特大號笨人的意思。蕃薯貢獻良多，卻遭人們戲弄，實在是「好物被人欺」啊！

我的祖父鎮榮公在戶籍上登記的大名便是蕃薯。聽說日據初期日本人作戶籍調查時，調查員問先祖父名字，先祖父對日本人的戶籍調查很反感，便不耐煩以「蕃薯」應答。不意日本戶籍人員實心以為台灣人蕃薯蕃薯的，真的便如此登記。從此先祖父「蕃薯」大名不脛而走[5]。尤其日據時期他企業做得很大，使他的大名更是響亮。人們半尊敬半戲謔的稱他「大蕃薯」，很不幸我小時候老一輩的鄉人便稱呼我「小蕃薯了」。

5　不脛而走　沒有腿也能走，引申為不待推行，卻能傳布迅速，風行一時。

我從不討厭蕃薯。對這種稱呼也從未掛意。很久以前我就聽到過先父和朋友們互相戲稱是「蕃薯仔」。那是說他們都是台灣人。一方面是自嘲台灣人憨直[6]，一方面是整個台灣島看去儼然[7]就是一條大蕃薯。蕃薯生命力強，適應性高，又那麼有用，當蕃薯仔有什麼不好？而且我愛蕃薯，只要不拿它當正餐主食，不論煮、煎、烤、炸我都喜愛。太寒時候買兩條熱烘烘的烤蕃薯，還真是窮人的享受呢！現在五十歲上下的鄉人卻有很多不吃蕃薯，因為他們曾經長年吃乾蕃薯簽煮的飯，那是在不能不吃的時代，現在他們可以不吃了，還要花錢買蕃薯，他們認為是傻事。

鄉諺中笑人做事不聰明常說：「會算〔加〕不會除，偷米換蕃薯。」因為米貴蕃薯賤。現在拿米換蕃薯卻不是傻事，一斤蕃薯的價錢往往高過米價。

台糖改良品種，種出各種口味不同的蕃薯。像我釣鯽魚用的台糖十號，質地堅實有彈性，久煮不糜爛[8]。五十七號鬆軟香甜，比「白葉青心」絕不多讓。不論那一品種，比起從前只求產量的「斗粟」好吃得多了。

西洋速食店風行，以前餵豬的蕃薯突然搖身一變，身價高漲，速食店一小紙袋蕃薯條要數十元錢。它不再是窮人的主食糧草，而是新潮時髦的年輕人手中的美食。蕃薯

6　憨直　憨厚正直。
7　儼然　形容很像、真像。
8　糜爛　濃稠鬆軟。

若有知覺，不知是否會覺得高興一點。

作品導讀

作者以蕃薯為主題，探討蕃薯這種農作物對臺灣當時社會的影響，它對作者小時候來說不僅是一種主食，而且隱含特殊的情感。

全文大致可以分成五大段，分別就蕃薯的優點、缺點、傳說、意義、今昔對比等作全面的觀察。

在優點方面，「蕃薯長得多又好，家家戶戶都種蕃薯，每到收穫的時節一牛車一牛車搬回家，堆積的滿倉滿室。雞吃、狗吃、豬吃、孩子也吃。既是零食點心，也是正餐主食。」

在缺點方面，「吃蕃薯最大的壞處是漲氣。太多的蕃薯在腸內產生大量廢氣，所以在吃蕃薯的那些歲月，每一個人都很能放屁，或輕或重或連珠。」

在傳說方面，「家鄉竹頭莊的蕃薯特別好。據傳前清時莊中舉人黃金團到北京考上進士，他曾進貢皇上特產的蕃薯乾，怕蕃薯低賤，他改稱「地瓜」。皇上親嘗後十分讚賞，而經過天子金口封賞，所以竹頭莊的地瓜就更甜美了。」

在意義方面，「很久以前我就聽到過先父和朋友們互相戲稱是『蕃薯仔』。那是說他們都是台灣人。一方面是自嘲台灣人憨直，一方面是整個台灣島看去儼然就是一條大蕃薯。」

在今昔對比方面，往昔「比起白米，蕃薯在鄉間的身價是賤得多了」，如今「西洋速食店風行，以前餵豬的蕃薯突然搖身一變，身價高漲，速食店一小紙袋蕃薯條要數十元錢。它不再是窮人的主食糧草，而是新潮時髦的年輕人手中的美食。蕃薯若有知覺，不知是否會覺得高興一點。」由此可知，蕃薯的價格，過去是低賤的，現在卻是昂貴的。

在寫作技巧方面，作者以具體寫實的筆法來描述蕃薯，從歷史的角度寫出蕃薯的品種和由來，「蕃薯是原產南美洲的植物，當地土人視為至寶非常嚴密的保護著不使外傳。但是它實在生命力太強了，塊根的蕃薯切開來一片片都能發芽生長，它蔓延的爬藤剪下來一小段一小段全部都能著土即活。不怕嚴熱乾旱，在鬆軟的砂圃上蕃薯結得更好更大。大概是明朝時代輾轉傳到中國東南沿海。靠著可貴的食物，養活了多少窮苦的百姓。台灣早期先民渡海墾荒，如果沒有這易長易種的糧食，哪有那麼容易的？據我所知，本鎮開莊時也是從種植蕃薯開始，成功後才入墾定居的。」

在修辭方面，本文使用排比、設問、誇飾、引用、類疊與映襯，在敘事、抒情和說理皆運用自如。其中，「聽說有人的新褲子就因蕃薯吃多了，一陣響屁被轟得穿了大洞」即是誇飾。「會算〔加〕不會除，偷米換蕃薯」即是引用。此外，蕃薯的物價變動可以說是今昔變化的一個關鍵，從文章裡，作者隱隱約約提到從當時農村經濟狀況過渡到西洋速食店風行的社會變遷，即是映襯。

（林均珈）

椰子

在南台灣，碰到有分辨不出檳榔和椰子樹的人，我們鄉下人會覺得很好笑。其實都市裡的人分辨不出各種家畜的很多，不足為奇。記得多年以前，有一位住在台北的朋友來訪，他的孩子一下車就高興的衝進庭院，看到我庭院下豬舍裡的母豬種豬，立刻尖聲大叫：

「媽媽快來看，好多小牛。」

作為種豬的母豬生過幾胎以後，體型又高又大，尤其是我養的是進口的北歐洋豬。豬有這麼大，這已經超出了孩子的經驗和認知範圍以外，難怪他把母豬看成了小牛。但是原本也是農村出身的朋友好笑又好氣，臉都綠了。

去年有一位剛從教育機關退休的高級官員看見我屋子前的椰子樹，很驚訝的問我：

「你們種的檳榔為什麼長這麼大粒？」

我沒有回答他是我們家土地特別肥沃。我仔細的教他如何分辨椰子和檳榔，因為這兩種作物在南台灣隨處可見，常常還混雜種在庭院四周、屋前屋後，不是生活在鄉下日常見慣的人，一時真要感到撲朔迷離[1]。這位官員雖

1 見〈木蘭辭〉:「雄兔腳撲朔，雌兔眼迷離。」撲朔迷離，原指兩兔並走，雌雄難分。後比喻事情錯綜複雜，真相不明。

然臉紅尷尬，但也終於認清了那個夾雜在檳榔樹間的碩壯的大個子，原來就是椰子。

台灣推廣種植椰子，不過是近二三十年的事。但我們家有椰子樹，卻是整個地區最早的人家之一。小時候隨父母搬回祖父的農場，剛由都市來到鄉間，對屋前五六丈高的三棵椰子樹印象最深刻，那巨大筆直的樹幹直沖天上，頂端的枝葉又長又柔，還有掛在葉柄下成串的巨大果實，全是我從未曾見過的。

第一次嚐到大人吃剩下的小半杯椰子水，淡淡的甜味中帶有一點鹹鹹澀澀的感覺，只聽見大人每一個都不斷的直稱好吃，我實在不好再說難喝，事實上在那個時代，我想連我的父母大概也是還鄉後才有機會嚐到祖父種的椰子。我的祖父是一個勇於嘗試新事物的農村企業家，就是因為他的事業企圖心，他才會買下這一片廣大的山林，來開闢農場。祖父開山種樹，他種船底樹、梧桐以及各類果樹，像荔枝、咖啡樹等等，都是地方上前所未有的，椰子也是在這時候一起栽下的。可惜祖父早逝，去世前我不知道他有沒有嚐過自己種的椰子是什麼滋味，喜不喜歡。不過剖開椰子，裡面硬殼內層上的椰子肉，還沒有老硬以前，拿湯匙舀出來吃，入嘴滑嫩嫩，甜甜的帶點清香，口感真好；果肉老硬後，香香脆脆，也是越嚼越有味。

採椰子真是最艱難的事。天氣熱，火氣大，椰子水最退火，纍纍的椰子高高的吊在樹上，就是沒法摘下來。爬上椰子樹要有專門技巧，我們憑蠻力爬上去一定弄得十分狼狽。堂兄從小在山間長大，號稱可以爬上任何一棵大樹，雖然貴為郵政局長，但是臨時想吃椰子又一時找不到人手時，他總是自告奮勇，儘管爬樹把他的胸口和大腿兩側摩擦得出血通紅。可是看到一大堆自己割下來的大椰子，他還是很得意愉快。直到四十歲那年，他興沖沖的在一大群親友注視下，抱緊巨大的椰子樹幹一步一步往上升，升到三丈多高，眼看就快有清涼的椰子水可以享用了，但堂兄突然停住，然後慢慢滑下來，一邊口中大叫：

「沒有力氣了！」

堂兄是一個向不服輸的人，他滿臉通紅一頭汗水，抬頭量一量，滑下來的地方距離頂端不過一丈。他洗洗臉喝口水，運動運動手腳，帶著我們大家無限的期盼再度出發，可惜這次爬得更吃力，只升上兩丈多他就沮喪的宣佈放棄了。畢竟年糕吃多了，不服輸也不行。從此，我們再也無法隨時摘取椰子。

曾經在電視畫面上看到南洋地區訓練猴子摘椰子，輕鬆又快速，真是嘆為觀止，幾年前在泰國旅遊時也親眼目睹過，確實方便。不過南洋地方摘的老椰子，他們所需要的是果肉，用來加工製成食品原料，老椰子汁少肉厚殼硬，經得起從高處摔下來。但我們主要的是喝椰子水，嫩椰子才多水，水多果重，殼又不夠硬，摔下來大部都要裂開，所以我們摘椰子也就無法借用猴力了。

台灣四十年代末期，經濟環境稍有改善，國人發現椰子汁清涼退火，尤其在感冒發高燒時，喝起來真舒暢。那時椰子數量少，供不應求，價格極高，幾乎不是一般人享受得起的。椰子成為一種高經濟作物，祖父所種的那幾棵椰子雖然已經是幾十年的老樹，包給小販一年的包金是一棵一千元，那時公教人員的薪水也不過一千元上下，如果有十棵椰子樹，豈不等於是一個公教人員的收入？父親留給我的四分旱田，我只要種他幾十棵椰子樹，什麼養老金都有了。

椰子生長慢，一般栽種需要七年才能真正生產，還必須給予足夠的空間和陽光。記得祖父原本種的椰子是四棵，其中一棵包在大龍眼樹和芒果樹蔭底下，樹幹不過人頭高，跟其他三棵比起來簡直像是祖父帶孫子，十幾年它都沒有結過椰子。後來父親買了十棵椰子苗，雇工種植時，順便把這棵椰子也挖起來移植到水塘邊。才一年間，它便長過了一倍，第二年就結實纍纍，令人不敢置信。可惜沒有幾年這棵椰子遭蟲害枯死，還使父親傷心不已。所以，種椰子不能太密，一定要留大空間。也就是說椰子佔地大，單位面積上種植的棵數有限。

零售的椰子一直都很貴，高貴時一顆椰子竟然要一百元以上。開放觀光後，許多人到了泰國、菲律賓，發現路邊小攤上賣的椰子，現剁現喝，每個折合新台幣才五塊錢。有一個朋友很誇張的說：「吃一個椰子等於賺了一百塊錢，我九天裡面賺了九千元，一家四個人合賺了三萬多塊錢，等於兩個人是免費觀光呢！」這位朋友的算法我不敢苟同，但是把吃椰子省下來的錢當成賺的，也可見他喝椰子喝得多痛快了。所有到南洋去的人，沒有一個不是藉機會猛喝椰子水的，國人把南洋的椰子水都給喝貴了。前幾年我們全家遊泰國，椰子一粒有賣十塊錢的，也有賣十五元的，今年去遊泰國的朋友說，椰子一粒是十五到二十元。台灣的貿易商比較兩地的價格，進口椰子利潤厚，於是就有椰子一貨櫃一貨櫃的進口了，從此本地椰子價格就變得極不穩定，夏天盛產期有時產地批價才七塊錢，一粒椰子四斤重也不過二十多元。這跟泰國、菲律賓已經十分接近，種椰子已無利可圖了。

常聽田鄰們感嘆「台灣沒三日好光景」，農業生產的速度永遠沒有市場商機的變化快，使得農民耕種也要帶一點賭性，帶一點冒險，你發現利潤好的，趕著去種植的結果，固然也有時趕上獲點小利，但卻更多的血本無歸。我們的耕地小，土地貴，精緻農業生產的成本當然很高，生產的農產品價格如果跟國外進口的一樣，那農人只好去喝西北風了。

我種椰子原本是為了將來留作養老的，從前收割一次椰子可以賣得一萬元上下，現在我種的椰子有從前二十倍多，收入仍然是一萬塊上下，不過，從前一萬塊是我五個月薪水，現在只值十天的工資。每次椰子收割，我就把賣得的錢全數交給母親，作她的養老金，事實上只能充作零用錢而已。但是一二十年來，賣椰子收入都歸母親，所以照管椰子，母親也視為是她的工作，找人來收割就更關心了。以前椰子沒進口，小販搶著來收買，甚至肯以高價包購整年，如今椰子多了，「屎多狗飽」，小販請不來，母親還常為一弓一弓過多過重的椰子來不及收割，整串掉下來而心痛不已。

農產品進口是擋不住的趨勢，椰子除了生果進口之外，還有號稱半天水的椰子汁易開罐，消費者只要伸手，隨時可以享受到清涼爽口的椰子水，不必花大錢，也不必遠去泰國了。想一想，當個生產者還不如當個消費者。做有錢的大爺，真好。

作品導讀

鍾鐵民是臺灣鄉土文學著名作家之一，他的寫作題材都是選擇日常生活中常見的農作物，除了蕃薯之外，他也描寫椰子。

〈椰子〉一文大致可以分成四部分，第一部分作者描寫都市裡的人分辨不出檳榔和椰子樹，曾有一位剛從教育機關退休的高級官員，看見他屋子前的椰子樹，很驚訝的問道：「你們種的檳榔為什麼長這麼大粒？」實在是非常幽默。第二部分作者提到他們家種植椰子樹是淵源於他的祖父。第三部分則敘述採椰子的細節，作者除了回憶堂兄多次採椰子的往事外，他也提到南洋地方訓練猴子摘椰子的情況。最後，他歸納了一個結論：「南洋地方摘的老椰子，他們所需要的是果肉，用來加工製成食品原料，老椰子汁少肉厚殼硬，經得起從高處摔下來。但我們主要的是喝椰子水，嫩椰子才多水，水多果重，殼又不夠硬，摔下來大部都要裂開，所以我們摘椰子也就無法借用猴力了。」足見作者的觀察力十分敏銳。第四部分作者從椰子零售價格的變化來抒發個人的看法，他舉出臺灣四十年代末期，「那時椰子數量少，供不應求，價格極高，幾乎不是一般人享受得起的。椰子成為一種高經濟作物」，「零售的椰子一直都很貴，高貴時一顆椰子竟然要一百元以上。」現在「開放觀光後，許多人到了泰國、菲律賓，發現路邊小攤上賣的椰子，現剁現喝，每個折合新台幣才五塊錢。」尤其「台灣的貿易商比較兩地的價格，進口椰子利潤厚，於是就有椰子一貨櫃一貨櫃的進口了，從此本地椰子價格就變得極不穩定，夏天盛產期有時產地批價才七塊錢，一粒椰子四斤重也不過二十多元。這跟泰國、菲律賓已經十分接近，種椰子已無利可圖了。」從椰子的價格，過去是昂貴的，現在卻是低賤的，可以看出今昔的對比。

在修辭方面，本文使用了設問、類疊與映襯。〈大蕃薯〉和〈椰子〉兩篇散文，都是以探討「臺灣鄉土」為主題，透過寫實的筆法，可以發現作者內心深處所隱含的愛鄉護土之情。

鍾鐵民深入描寫臺灣農民生活的點點滴滴，在寫作題材方面，他寫的「蕃薯」是非常生活化的食物，生活在這種食物中的人們過得是比較刻苦的日子。另外，由於農產品進口是擋不住的趨勢，椰子除了生果進口之外，還有號稱半天水的椰子汁易開罐，因此他寫的「椰子」則是充滿深刻體悟：「當個生產者還不如當個消費者。做有錢的大爺，真好。」

（林均珈）

延伸閱讀

一、林女程：《台灣農村的見證者——鍾鐵民及其小說研究》，國立成功大學歷史學系碩士論文，2000 年。

二、吳億偉：〈貼近土地生活的寫作者——訪問鍾鐵民先生〉，《文訊》第 202 期，2002 年 8 月。

三、劉寶佴：《鍾鐵民及其小說研究》，國立高雄師範大學國文教學碩士班碩士論文，2004 年。

四、李梁淑：〈鍾鐵民作品的時代意義與價值〉，《人文資源研究學報》第 1 卷第 1 期，2007 年 6 月。

五、洪玉梅：《鍾理和疾病文學研究》，國立屏東教育大學中國語文學系碩士論文，2006 年。

吳晟

作者簡介

吳晟（1944 - ），本名吳勝雄，彰化縣人。屏東農業專科學校（現已改制為屏東科技大學）畢業，曾任國中教師，現已退休，除寫作外，兼任靜宜大學中國文學系講師。致力於詩與散文的創作，以寫鄉土之情的詩作享譽文壇，曾獲第二屆中國現代詩獎。著有《吾鄉印象》、《向孩子說》詩集及《農婦》、《店仔頭》等散文集。

不驚田水冷霜霜

難得今天又是假日，本以為可以晚點起床，因而昨晚放心的縮在被窩裏，多看了幾頁書，拖到深夜才去睡。一大早，母親卻一再催喚我，叫我陪伊[1]去田裏。望向窗外，天才矇矇[2]亮。稍一掀開棉被，冰冷的寒氣，緊逼過來，但在母親一再的催喚下，我又怎敢賴著不起來。

這是深冬時節，朝陽未起的清晨，特別清冷。即使沒有風，迷濛的霧氣，挾著寒氣，絲絲滲進肌膚，無從抵禦；更何況一陣一陣冷風，拂過沒有遮攔的田野，往身上撲來，不由得連打寒噤[3]。

母親站在秧田裏，對我催道：「還站在那裏不動，趕快下來幫忙啊！」

我站在田埂上，不斷搓著雙手，腳伸向秧田裏的水探一探，一股冷冽的寒氣直透進體內，連忙縮起來，叫了一聲：「哇！這樣冷。」

母親不高興的說：「這樣就喊冷。你沒看到四邊的田裏，誰家不是急急的在潑水。還站在那裏喊冷，等下太陽

1　伊　指作者的母親。
2　矇矇　日光不明的樣子。
3　打寒噤　因受驚或受寒而身體顫動。

出來，秧苗不知要損失多少。」

望望滿園青翠鮮嫩的秧苗，每一片葉上沾滿了細小的水珠，母親說，沾在秧葉上的細小水珠，是霜水而不是露水，在朝陽升起之前，就必須用水潑掉，不然太陽一照，秧心大半會枯萎，這一期的秧苗就不夠播了。

我不敢再遲疑，捲起褲管走下秧田裏，忍住冷霜霜的寒氣，拿起長柄的水勺，在秧田四周來回走動，向秧苗潑著水。母親趁此機會教導我：「昨天下午，一看天氣刮起寒風，就知道昨晚一定會下霜，秧田裏就要放滿了水，早上要趕在太陽之前，用秧田裏的水潑掉沾在秧葉上的霜水，而後把秧田裏的水全部放掉，這樣秧苗才不會受到損害。」

想起多天前，我曾和母親一起攤開一捲一捲的塑膠紙，蓋上秧苗，我問母親，還未到插秧的日子，那些塑膠紙為什麼就要收起來呢？母親說：「怎能一直蓋著塑膠紙，秧苗長到三、四寸的時候，塑膠紙再不掀開，讓秧苗有機會吹吹風，曬曬太陽，秧苗太軟弱，莖不會硬直，播下去很容易損失，還要一叢一叢補，更加麻煩。」

剛和母親潑好水，村人也都三三兩兩的來到田裏，有的是來犁田[4]，有的是來插秧，我說：「天氣這樣寒冷，田水這樣冷霜霜，大家真打拚[5]，這麼早就要來工作啊！」

母親看了我一下，目光中充滿了責備：「大家都像你

4　犁田　耕田。

5　打拚　勤奮努力。

這樣怕冷，誰來種田？就要開春了，誰家不是趕著播田。秧苗一天一天長高，還能等呀！那有做工作還得選日子的。」

母親接著說：「這只是一期稻作的起頭，往後的工作還多著呢，你又不是不知道。幾遍的挲草[6]，幾遍的撒肥料，幾遍的噴農藥，還得不時顧田水、拔稗草，才能望到收割、曬穀，那一項可以拖延，還得選天氣的話，什麼都別想做。」

是啊，誰驚田水冷霜霜！從開始浸稻種、整理田地，到插下秧苗，每年這段期間，天氣最為寒冷，而母親每天都田裏來田裏去，難怪母親的腳掌，結了一層又一層厚厚的繭，多年來，常凍開一道一道深深的裂痕，每一條裂痕裏，都塞滿了泥巴，因為裂痕太深，泥巴塞在裂痕裏洗不乾淨，常見到母親在夜晚的燈光下，拿著剪刀，剪去一層一層的厚皮。

結了一層又一層厚厚的繭，凍開了一道又一道深深的裂痕，母親這樣厚實的一雙腳掌，抗拒了多少歲月的霜寒啊！

6　挲草　抹除雜草。

作品導讀

本文選自《農婦》，作者以童年時期的臺灣農村為背景，刻畫母親耕種的辛勞，顯現親情的可貴及其對鄉土的關懷，真誠反映臺灣人民生活的歷史與現實。文章描述農耕的步驟與細節，這些事情都是以母親這位「農婦」為主題而貫串起來的。

在文章結構方面，全文主要分成四大段落：

首先，作者敘述當時的想法：「難得今日又是假日，本以為可以晚點起來，因而昨晚放心的縮在被窩裏，多看了幾頁書，拖到深夜才去睡。」結果，隔天卻是「一大早，母親卻一再催喚我，叫我陪伊去田裏。」

次者，描寫深冬時節的天氣：「朝陽未起的清晨，特別清冷。即使沒有風，迷濛的霧氣，挾著寒氣，絲絲滲進肌膚，無從抵禦；更何況一陣一陣冷風，拂過沒有遮攔的田野，往身上撲來，不由得連打寒噤。」

再者，分別記敘農耕的步驟與細節：「沾在秧葉上的細小水珠，是霜水而不是露水，在朝陽升起之前，就必須用水潑掉，不然太陽一照，秧心大半會枯萎，這一期的秧苗就不夠播了。」、「秧苗長到三、四寸的時候，塑膠紙再不掀開，讓秧苗有機會吹吹風，曬曬太陽，秧苗太軟弱，莖不會硬直，播下去很容易損失，還要一叢一叢補，更加麻煩。」、「幾遍的挲草，幾遍的撒肥料，幾遍的噴農藥，還得不時顧田水、拔稗草，才能望到收割、曬穀，那一項可以拖延，還得選天氣的話，什麼都別想做。」

最後，總結母親耕種的辛勞：「每天都田裏來田裏去，難怪母親的腳掌，結了一層又一層厚厚的繭，多年來，常凍開一道一道深深的裂痕，每一條裂痕裏，都塞滿了泥巴，因為裂痕太深，泥巴塞在裂痕裏洗不乾淨，常見到母親在夜晚的燈光下，拿著剪刀，剪去一層一層的厚皮。」、「結了一層又一層厚厚的繭，凍開了一道又一道深深的裂痕，母親這樣厚實的一雙腳掌，抗拒了多少歲月的霜寒啊！」

在修辭方面，作者充分運用類疊和設問，並以閩南語的詞彙「陪伊」、「打拚」、「不驚田水冷霜霜」、「挲草」、「顧田水」等穿插在文章中。這篇散文，他以平實的文筆，浮雕出母親堅毅而樸實的生命樣貌，形塑出一幅永恆的農婦典型。

作者兼具作家、教師和農民等多元的身分，「寫臺灣人，敘臺灣事，繪臺灣景，抒臺灣情」，其作品緊扣農村鄉民的生活節奏，富有深層的社會觀照，蘊含富饒的生命張力。因此，文評家推崇他的文學是「土地深處開出來的、有根有葉的生命之花。」

（林均珈）

店仔頭

鄉間每一個村莊，都有三數間小店，當我們稱呼為店仔的時候，純粹是指一般的小商店，當我們說店仔頭的時候，卻是另有更複雜的意義。

店仔是都市文明輸入村莊的前哨站，是村民日常用品的供應站，當然也供應一些可有可無的消費品。至於甚麼是日用品，甚麼是消費品，則隨著社會的變遷，和每個家庭的生活情況，而有不同的區分。

以衛生紙來說，就在十餘年前，大多數村民，都還使用洋麻桿劈成兩半的「屎杯」時，在村民的心目中，衛生紙是高尚的奢侈品，而今卻是家家戶戶不可或缺的日用品。

店仔也是鄉下囝[1]仔郎最嚮往的地方，一些比較低廉的飲料、餅乾、糖果，以及不斷翻花樣，隨著電視廣告不斷侵進來的零食、小玩具，時時都在引誘他們的注意力。許多鄉下家庭少有三餐以外的食品，所以特別稀罕吧！一旦好不容易要到了零用錢，大都握不了多久，隨即會往店仔跑。

1 囝（ㄐㄧㄢˇ）　閩南語稱兒子為囝。

每間店仔的店內店外，都擺上幾張椅條，讓村民閒坐，夜晚和下雨天，通常都坐滿了村民，大家來去自便，無須多禮，至多剛來或要走之時，隨意打個招呼，自然而然成為村民平日固定的聚會場所。

而且，每間店仔的門前，都植有一、二棵樹蔭濃密的大樹，大部分是種榕樹，尤其是在夏日的中午，樹蔭下更是坐滿了、站滿了休息的村民，一大群小孩子，則四處奔跑玩耍，非常熱鬧。

這便是所說的店仔頭了。

村民聚在店仔頭閒坐，難免會講東講西，或者就農事交換意見，或者就時事發些議論，或者就村內發生的事件，品評一番，大家不拘形式，不論話題的交談，誰都可以任意發表自己的見解和看法。

店仔頭是村子裏的傳播站。

因為有店仔頭，村裏的哪一家哪一戶，有甚麼喜事，有甚麼值得讚揚的好事，或有甚麼不幸，有甚麼公認不應該的行為，大家都能很快獲得消息；因為有店仔頭，大家都不太可能有隱私，誰家有多少田產，甚至誰家最近有甚麼較為可觀的收入，大都清清楚楚；因為有店仔頭，村子裏才能呈現一些熱鬧的氣息。

曾有幾位受過高等文明教育的子侄輩，對於店仔頭的論人長短，甚表反感，他們長期在外讀書，少與村民接近，不能體會店仔頭對縮短村民之間的距離，功勞有多大，他們不能瞭解，在這閉塞的鄉間，店仔頭對促進村民之間知識和情感的交流，有多重要；他們不知道店仔頭無拘無束的議論，是多麼公開而坦朗，能夠充分發揮貶惡揚善的功能。

這種坦蕩蕩的生活態度和習性，我實在想不出有甚麼不好。

店仔頭的議論，即便有些偏差，卻都是真誠的，並不像有些傳播機構，時常刻意歪曲事實做不實的報導。大家日日相見，誰願為了逞一時之快，黑白講，顛倒講，以致失信於共同生活，息息相關的鄉親呢？

因此，店仔頭的人開講，其權威性並不遜於電視或報紙，況且村子裏的人和事，哪有多少機會上報？店仔頭的人開講，就等於地方性的傳播機構，若非有店仔頭，村民彼此怎能迅速的溝通。

村民聚在店仔頭，除了開講開講，尤其是在下雨天和寒冷的夜晚，當然也常有三、五個男人，興致一來，便搬個桌椅，大家圍在桌邊，或坐或蹲，一瓶米酒，一包花生的對飲。喝得興起，免不了吹噓自己，或調侃別人，或發點牢騷，感嘆感嘆人生的運命，在笑鬧中，在唏噓中，互相安慰，互相激勵。

我晚上較少時間去店仔頭消磨，而母親每天吃過晚飯後，如果還不太累，時常會去店仔頭坐坐，聽些新聞，回來再擇要轉述給我聽。

母親既不識字，也不看電視，也不聽戲曲，村子裏不少和母親一樣的老人家，我常想，對他們而言，店仔頭是多麼親切的地方。

作品導讀

本文選自《店仔頭》，它刻畫出「店仔頭」在農村的生活空間與鄉俗的社會網絡中所具有的特殊意義，充分表現作者縝密觀察的誠意和心境。文章以村民日常生活中的零星片段為素材，場景單純，在在透露作者無窮的同情，凸顯鄉土文學的正面價值和人性意義。

在文章結構方面，全文可分為五大部分：

第一部分簡要敘述「店仔」和「店仔頭」兩者的意義與區別：前者純粹是指一般的小商店；後者卻是另有更複雜的意義。

第二部分描寫店仔頭在農村的生活空間富有強大的社會功能：「店仔頭是村子裏的傳播站」、「店仔頭對縮短村民之間的距離，功勞有多大」、「店仔頭對促進村民之間知識和情感的交流，有多重要」、「店仔頭無拘無束的議論，是多麼公開而坦朗，能夠充分發揮貶惡揚善的功能」、「店仔頭的人開講，其權威性並不遜於電視或報紙」」、「店仔頭的人開講，就等於地方性的傳播機構」。

第三部分說明村民聚在店仔頭，除了開講開講，尤其是在下雨天和寒冷的夜晚，對於三、五個男人來說，它具有心靈慰藉的安撫作用：「大家圍在桌邊，或坐或蹲，一瓶米酒，一包花生的對飲。喝得興起，免不了吹噓自己，或調侃別人，或發點牢騷，感嘆感嘆人生的運命，在笑鬧中，在唏噓中，互相安慰，互相激勵。」

第四部分則寫作者本人晚上較少時間去店仔頭消磨，但他的母親也是常常到店仔頭閒坐：「母親每天吃過晚飯後，如果還不太累，時常會去店仔頭坐坐，聽些新聞，回來再擇要轉述給我聽。」

第五部分總結村子裏不少和母親一樣既不識字，也不看電視，也不聽戲曲的老人家，對他們而言，店仔頭是多麼親切的地方。

在寫作技巧方面，作者圍繞農村生活裏常常出現的「店仔頭」來抒寫，主題非常明確。在修辭方面，本文使用類疊、排比和設問。在作者的文筆下，農民日常的生活、農家的喜樂愁苦、鄉村的眾生百態，都以樸實無華、自然平凡的姿態躍然紙上。

吳晟是奠定鄉土詩明確面貌的詩人，他以鄉土和母親的一生沃灌他的文學，尤其他在教書工作之餘，跟隨母親實際操持農事，他的農民文學不是文人雅士靜觀式的鄉土素描，而是躍動著汗水與眼淚的生活刻印。他的散文雜揉著各種生命的體會，具有文學素樸深斂之美。文評家認為他的文學中，飽滿著剛大的氣勢，那是因為「吳晟正直坦誠、鄉土意識、悲憫情懷與批判精神匯融……創作生涯三十多年來，密切臺灣的脈博。」

（林均珈）

延伸閱讀

一、許倪瑛：《吳晟及其散文研究》，雲林科技大學漢學資料整理研究所碩士論文，2004年。

二、郭玲蘭：《吳晟散文中的農村書寫》，銘傳大學應用中國文學系碩士論文，2005年。

三、陳文彬：《從「吾鄉印象」到「再見吾鄉」——以台灣農村社會發展論吳晟詩寫作》，世新大學社會發展研究所碩士論文，2002年。

四、賴淑美：《吳晟「店仔頭」一書的語言藝術運用研究》，國立彰化師範大學國文學系碩士論文，2006年。

五、曾潔明：〈論吳晟詩歌中的水稻意象〉，《國文天地》第24卷第10期，2009年3月。

徐仁修

作者簡介

徐仁修（1946 - ），1995 年成立「荒野保護協會」，任創會理事長，並專事寫作。徐仁修創作文類以報導文學為主，兼及小說、兒童文學。希望透過文字與攝影表達他對新環境、新事物的感受，提醒人們與大自然保持密切溝通，並維護大自然的秩序，作品文字簡練而精緻。曾獲聯合報小說佳作獎、吳三連報導文學獎、北台灣人教授協會臺灣生態保育獎等。

濕地哀歌

一九九一

緊鄰墾丁國家公園龍鑾潭北堤，有一片沼塘濕地，其間散佈著成團成簇、大大小小的藺草和莎草。濕地的四際則為茂盛的岸草——節節花、長梗滿天星、狗尾草、白茅、甜根子草所包圍，形成了一個非常獨特、複雜又充滿生機的生態天地。

我對這片自成一系的濕地自然生態陸陸續續做了六年觀察與記錄，尤其對出現在這裡的鳥類，進行觀察與拍攝。現在我閉上眼，幾乎可以把這方濕地一年的變化，在我腦中重新上演一遍：

當秋風初起，岸邊的甜根子草的突枝上，與龍鑾堤相隔的圍籬上，總會出現幾隻靜靜佇立的紅尾伯勞，牠們有時俯衝入草中，然後叼起一隻蚱蜢或青蟲，再回原地享用。偶爾牠們會「咔！咔！咔」地警告不小心越界的鄰鳥。這時長長的圍籬上，會有一、二隻藍磯鶇插隊其中。

等到十月，落山風開始狂肆起來時，許多雁鴨、鴴鷸也出現了。前者在較深的水上漂浮，後者在淺水中覓食。偶爾大白鷺、蒼鷺也落了下來，在日漸枯熟的莎草間，像君王一般踱著步子。一九八九年有四隻高蹺鴴來住了幾天，一九九〇年一隻落單的黑面琵鷺在這裡歇了數日。這些來度冬的候鳥在三月底開始離去，水中的挺水植物也開始茁長，等到冬候鳥全離開時，這片濕地也進入它最豐美的季節，那些土生土長的鳥也開始出現了，灰頭鷦鶯最先在青草上高聲鳴叫，牠雖然個子小，但只要三兩隻就把這片世外桃源弄得熱鬧異常。不久新換上亮麗夏羽的鷸鴣也「咕！咕！」地在甜根子草頂鳴唱，烏頭翁來了。翠鳥也不知何時靜靜地站在斜出水面的狗尾草上。這時節我常看見紅冠水雞在波平如鏡的水面畫出直直的水線，或者在貼地的節節草覆蓋的一段堤上快速地追打，那場面很像侯孝賢拍的打架鏡頭。唯一的不同是侯孝賢拍的是男生打架，而紅冠水雞卻是女生為了爭奪男生而打得死去活來。

有一次，我看見兩隻紅冠水雞纏鬥在一起，彼此雙腳互相鉤抓不放，然後用雙翼互相拍擊對方，而一隻頭冠鮮紅發亮的公鳥竟然走到兩隻旁邊來觀戰。那兩隻越打越兇的女俠，從草上滾落在有長梗滿天星浮水的池裡，四扇揮著的翅膀所激起的水花在陽光中好似噴泉一般。那隻公鳥還退後了幾步，好似怕被水濺到牠那鮮亮的衣裳。

初夏時，我聽見白腹秧雞晨昏都在那岸草中，以帶著略有淒涼的聲音鳴叫。小鷿鷈則不聲不響地在水草間時浮時潛，只在水面留下一朵大大逐漸漾開的水花。破曉時，牠會發出一串怪笑般的鳴叫，那聲音很像水妖的奸笑。栗小鷺也在岸草間伸出牠那溶入草枝的長脖子來……。

到了八月，小鸊鷉帶著一群穿白條黑底童衣的幼鶵出來游泳了，紅冠水雞則帶著牠那禿頭的小孩沿著水邊覓食，白腹秧雞的身後也跟著牠那長腳的孩子，在岸草間漫步。這樣的一方沼澤濕地深深地吸引著我的腳步，遙遙地從台北來到墾丁……。但是一九九一的初秋，這濕地被填去了大部，主人在其上種起了檳榔和椰子。他說，他聽到風聲：墾丁國家公園管理處將徵收他的土地。人人都怕被官方徵地，因為所補償的地價在市面只夠買回原來的十分之一，所以要多種一點「農作物」，可以多得一點補償費。

這片美麗豐富的濕地就此壽終正寢，而我至今仍然為之心痛不已……。

一九九二

在桃園縣龍潭靠山的丘陵間，有一方隱藏在防風竹林裡的小池塘，四周青草葳蕤[1]，岸樹垂掩，池水清澈見底，水面波平如鏡。難得偶爾一陣穿林而來的涼風，微微弄縐這反映著北台灣夏日的藍天白雲。幾波漣漪，池面立刻恢復映照著清明的福爾摩沙盛夏天空。

池裡緊靠著岸草的水中，長著一簇簇有如睡蓮的水生植物──台灣萍蓬草，正開著一朵朵美麗如黃金打造的花

1　葳蕤（ㄨㄟ　ㄖㄨㄟˊ）　形容枝葉繁密，草木茂盛的樣子。

朵，自那田田[2]的浮葉間挺水開放，不只使這池子美麗脫俗，也使人相信它是沼澤仙子幽居的家園。

在這清淨的水中，台灣特有種的蓋斑鬥魚時時從水草間浮起，吐著小泡沫來營造牠的愛巢。牠那斑斕[3]的體色以及飄逸多姿的長鰭，能使最沒有美感的人也著迷。

幾隻黃黑相間的蝶蜓，在青蔥的池岸禾草間追逐嬉戲、飛飛停停，纖細的豆娘在台灣萍蓬草的黃花間悠閑地緩緩飛行，偶爾一隻鮮豔的孔雀蛺蝶，低低掠過水面，飛投對岸。這些小小的生物，使這一方小池子變得生動活潑起來。

我是為了拍攝台灣萍蓬草，而由一位對水生植物情有獨鍾的年輕人顏聖紘引領到此。台灣萍蓬草是台灣水生植物中最著名的一種，而且對台灣島來說，它別具深意。因為萍蓬草屬於溫帶性水生植物，主要分布在北美洲及歐亞大陸北部，而台灣萍蓬草是世界萍蓬草分布的南限，是冰河期遺留在台灣的孑遺[4]植物。

更難得的是，在世界各地區裡很少有特有種水生植物的情形下，獨獨台灣萍蓬草是台灣特有種，頗引起國際自然學家的重視。而從園藝學家的角度來看，台灣萍蓬草也是世界萍蓬草中最美的，因為它是金黃的花瓣中有鮮紅色

2 田田　荷葉鮮碧的樣子。漢・無名氏〈江南詩〉:「江南可採蓮，蓮葉何田田。」

3 斑斕（ㄌㄢˊ）　形容花紋鮮麗，光彩奪目。

4 孑（ㄐㄧㄝˊ）遺　殘留、獨存。

的花心，這是其他萍蓬草所無，但遺憾的是，這麼珍貴的植物，由於不當的開發，如今已瀕於絕種。

每次我來此小沼塘拍攝之餘，總要靠坐在岸樹的涼蔭下，讓自己忘我地陶醉在這美麗的風景裡，也時時為這些台灣特有種生物的存在而感動。在這小小的一方池子裡，我窺見了福爾摩沙原貌的一斑。

可是這小小的世外桃源，在一九九二年的夏末被填平了，因為北二高就打它旁邊經過，為了造路方便，它就此消失，永遠地從台灣島上不見了，連同池裡的蓋斑鬥魚以及台灣萍蓬草。

記得好幾年前，法國在建造一條著名的高速鐵路時，生物學家發現，有一段鐵路會妨礙一群特有種青蛙回到沼澤去交尾繁殖。為了這一群小青蛙，高速鐵路最後改為高架，工程費也多了好幾千萬法郎。

這種尊重自然的精神，絕不是暴發戶所能了解，而一個國家的文化、文明，也就從這些地方表現出來。

一九九三

從山谷深處吹來的涼風，穿過叢叢盛開在沼澤邊的白薑花，把白薑花獨特的清香灑在雙連埤[5]偌大的沼澤濕地間。一隻水牛在水邊的蘆竹附近徜徉，幾隻鷺鷥跟著水牛

5 埤（ㄆㄧˊ） 灌溉用的蓄水池，後多用於地名。如彰化縣埤頭鄉、雲林縣大埤鄉。

移動，其中一隻還跳到牛背上，這是一幅動人的濕地畫面。

沼澤裡充斥著許多水生植物，屬於沉水植物的石龍尾佔據了大部分水域底下，卻把美麗的小花開在水面，使得沼澤別有一番美麗。這是北岸的風景。可是南岸卻出現土翻草倒的狼狽景況，一部怪手已經把南岸挖了開來，把白薑花、蘆竹、禾草全毀了，又把水草撈上岸，把沼泥挖出來，當地人說，財團要把它開發成水上遊樂區……。

看著被人類無情摧殘的南岸，想起今年四月下旬我在那裡進行夜間拍攝的情景，真令我悲從中來：那是一個漆黑的晚上，眼睛看不見任何景物，但沼澤上卻閃爍著點點螢光，牠們替代了滿天的星斗，讓我深深墜入童年的鄉愁裡。

在這墨黑又有螢火蟲的夜晚，耳朵裡充斥著各種聲音——黃嘴角鴞遙遙呼喚，騷蟖吵雜有如小型工廠，腹斑蛙「格格」的接力叫唱，而面天樹蛙較細小的鳴聲會在間歇中浮現。偶爾會有青蛙跳水的撲通聲，以及池魚跳出水的潑剌[6]聲，這麼豐富的濕地生態眼看就要全部被消滅了……。

但隨著時間的推移，人們對於自然的破壞變得敏感了，就在這消息曝光之後，宜蘭縣政府立刻制止了他們繼續的破壞，這是幾年來最快最有效的行動，我期待其他的

6　潑剌　狀聲詞。形容水的拍擊聲。

縣市也將如宜蘭縣政府的魄力。

一九九三似乎有了轉變，願關心台灣的選民仔細地選擇未來……。不要讓政治與金錢挾著科技的暴力，摧殘台灣自然生態的根。

——原載民國 82 年 10 月 10 日，《中國時報》人間副刊

作品導讀

全文共分三大部分，分別以西元紀年「一九九一」、「一九九二」、「一九九三」三個年代為線索，記述屏東縣墾丁國家公園龍鑾潭北堤、桃園龍潭的少數池塘、以及宜蘭的雙連埤三地，其中，作者將許多生物的學名展現於字裡行間，揮灑自如，不覺突兀，使人彷彿置身於大自然的懷抱，盡情徜徉。

首段論及墾丁龍鑾潭濕地，作者以大量的植物分佈介紹當地的生態環境，其後，便以腦海重現的記憶回溯方式，描述此生態下的鳥類，約略自十月以後來訪。秋風初起，候鳥紅尾伯勞揭開序幕，至三月底之後，候鳥離去。若是本土的鳥類出現，則聞清脆的鳴叫聲，且特別以「侯孝賢拍的打架鏡頭」比喻兩隻雌紅冠水雞的打鬥，畫面生動傳神，使初夏鳥類各具形貌，時至八月，則是以鳥類的親子活動為主，情狀可愛。作者以其六年的觀察經驗，描繪出墾丁各種鳥類的姿態，末段則急轉直下，指出主人因

徵地損失利益，以致於造成濕地壽終正寢的悲劇，令人不勝唏噓。

其次，在龍潭池塘，則首先以池塘映照的天光雲影起筆，主角乃是作者口中所稱的水生植物——「沼澤仙子」臺灣萍蓬草，且以水中的魚與昆蟲等小生物作為配角，渲染出萍蓬草所生長的水池充滿生機，情味盎然。其後，更敘述臺灣萍蓬草的稀有價值與瀕臨絕種的命運，最末則提及法國為了保育特有品種青蛙，寧將高速鐵路改為高架，台灣卻因興建北二高而填平池塘，「這種尊重自然的精神，絕不是暴發戶所能了解」一句帶有批判意味，兩相對照，高下立判。

第三部分，則是藉白薑花的清香引人入勝，以水牛與鷺鷥勾勒溼地畫面，隨即筆鋒一轉，認為南岸因財團開發，竟遭怪手開挖命運，無限惋惜心情下，回想夜間溼地裡生物的各種聲響，聲猶在耳，感觸良多。最後，則肯定宜蘭縣政府制止破壞生態的行動。作者有意以三大段落呈現三處濕地的「哀歌」，各段均設有主角，首先為墾丁鳥類，其次為龍潭的稀有物種「臺灣萍蓬草」，最後則為夜間生物，評論部分由心痛轉為批判，文末不僅肯定有關單位的施政行動，也期許未來人民能對於臺灣生態多些關注。

（王秋文）

鷺鷥與我

大安溪河口北側，有一片木麻黃樹林，棲居了一群從外埔鄉遷徙過來的鷺鷥鳥，我在一九八四年三月觀察到鷺鷥們陸續從過冬的南邊回到這片樹林中，此後，樹林一天比一天熱鬧起來，有黃頭鷺、小白鷺以及夜鷺。

到了三月底，林中已經像一個人口眾多的社區，居民各自佔據了自己看中的樹枝，開始營建新巢，我也著手準備在樹林中的空地上搭建一座用來觀察拍照的竹臺。

1. 觀察臺

我攜著觀察臺的草圖到附近的安田村，找到一位建築小包工承建，幾經討價還價，以五千二百元成交，我唯一的條件是要他在搭建過程中那些會弄出巨響的工作，像要大力敲、捶的部分，必須在林子外面做妥，免得在林中進行時造成對鳥兒們的驚嚇，他想都不想就滿口答應了。

一連串的春雨，以及其他藉口，包工一直拖到四月中旬才動工，而且也不是原來議定的條件，材料全是舊貨，所有會弄出巨響的工作他要在林中進行。我氣得告訴他：儘管建，建好了他自己可以上去住，我可不會付錢，後來我們談判許久——用舊材料我答應，但弄出巨響的工作一定要在林外做好。

包工對於我一再堅持不可驚擾鷺鷥，反不在價錢上要求降低感到十分不解，這大大違反了他的邏輯。我重視鳥不重視錢的態度，倒得到他的尊敬，他跟他的傭工說，我若不是有錢人的子弟，就是神父，不然就是有點「哮哮」——神經仔！

因此他雖然用舊材料，卻搭得十分結實，在主支柱上，還做了特別的補強。

他和他的傭工僅費時半日就搭建完成，竹製的觀察臺有五公尺高，臺上舖有一坪的木板，我將有一段時間住在上面。

四月十九日，我在春光漫爛的早晨，在鷺鷥不甚歡迎的叫聲中，爬上了竹臺，開始了我與鷺鷥兩個多月的共同生活。

2. 主角

大部分的鷺鷥都在孵蛋，有少數晚來的才忙著築巢。我選了幾個離觀察臺較近而又沒有枝葉遮掩的巢做為觀察、拍攝的對象，牠們的情形如下：

東邊離我約十公尺遠一棵木麻黃小枝椏上，一隻正在孵蛋的雌黃頭鷺，牠的嘴喙[1]上有一塊小褐斑，我就給牠取名花嘴。牠的先生，我稱為楚留香，牠的得名頗為有趣，留待後述。

在同株樹的下方枝條上，另有一對黃頭鷺正在築巢，雄的我喚牠大方，雌的我叫牠多情。同一株樹上尚有七家鄰居，有一家夜鷺，四家黃頭鷺，兩家小白鷺，牠們的巢都高於我的竹臺，不利於我的拍攝與觀察。

在我南邊的一棵高瘦、分枝少的樹上，住著三家：最上的一家是黃頭鷺，下面兩家為小白鷺。中間那家的男主人我叫牠髒鬼，因為牠的脖子沾有灰黃色，不像其他的小白鷺那樣潔白。牠的老婆我稱牠小寡婦，牠正孵著四顆蛋。住在最下一層的小白鷺，雌的我叫牠三羽，因為大部分小白鷺頭上的羽飾都是兩根，牠卻有三根。三羽的丈夫我為牠取名小偷，牠的惡名其來有自。

3. 楚留香

大方把香巢築好了，得意地站在巢旁看著牠的準新娘正在檢視洞房，大方慢慢地靠了上去，並把頭伸到情人的頭邊，好像跟牠說些甚麼，一會兒，牠退了一步，突然張翅跳到雌鳥身上，雌鳥蹲匐下去，僅僅幾秒鐘，周公之禮就已完成。

1 喙（ㄏㄨㄟˋ） 鳥獸動物等尖長形的嘴。

我原以為好戲到此為止，不想公鳥剛跳到旁邊的小枝上，住在「樓上」的公鳥卻突然跳下來，落在那隻剛交過尾的母鳥身上，在半推半就的叫聲中，完成了另一次的交尾，而男主人自始至終都站在一旁而無動於衷，真夠大方，因此我為牠取了「大方」之名。

第二天早晨，又發生同樣的怪事，而且這次更把我弄迷糊了，因為大方剛飛離雌鳥身上，突然三隻雄的黃頭鷺幾乎同時落在大方的老婆身上，但是樓上的先生是近水樓臺，早到了半步，牠剛騎在雌鳥身上，第二到達的雄鳥就落在第一隻雄鳥身上，第三隻則落在第二隻身上，結果四隻鳥像疊羅漢一樣，疊成四層，然後在一片的罵聲中，樓上那位老兄佔盡便宜，最後一哄而散。

往後這種情形還陸續發生，但仍以樓上的老兄得標最多，而且牠不只往樓下跑，還常照顧附近的一些產卵中的鄰居太太，我就稱這隻風流的黃頭鷺為鳥中的「楚留香」。大方的老婆，我呼牠為「多情」。

後來我發現，這種一夫一妻制又兼有雜交的現象，是鷺鷥鳥普遍的習性，目的是防止近親生子。因為鷺鷥有許多是兄妹配對，這種近親結婚常常會產生不孵化的劣蛋，或易夭折的弱子。因此，增加與其他公鳥交尾的機會，可以避免近親生子而有利於種族的繁衍。

4. 小偷

三羽的丈夫正忙著到處收集枯枝築巢，但牠到達鷺鷥林的時間落於大家之後，林中枯枝早已被先到者搜羅一空，牠不得不到遠一點的樹林找建材，因此築巢速度很慢。

有一天，我發現牠銜回枯枝的速度與頻率突然加快，我就特別觀察牠：牠銜回一根細長的枯枝，草率地架在築了一半的巢上，隨即又走出巢外展翅飛去，但牠只揮了一下翅膀就歇在鄰樹的枝尾上，並沿著枝條，朝一個快築好的窩走近，然後用喙銜拉巢中的一根枯枝的尾端，拉出樹枝之後，牠調整了一下銜枝的位置，隨即回頭快速地回到自己的窩來，牠連續這樣取回三條枯樹枝，我起先猜測牠所拆的那個巢一定是某種原因而被別隻放棄的巢。但是當牠第四次在忙著拆巢時，突然一隻雪白的小白鷺從枝葉間直撲而下，尖尖的長喙重重啄擊在拆巢者的頭上，拆巢者痛得大叫，但是攻擊者毫不放鬆地追擊，拆巢者往下竄，忍著頭上、背上落下的啄打，跳跳飛飛，號叫著逃回牠的巢去，這時我才知道，牠是一個不折不扣的小偷，一個偷建材的小偷，此後我就叫牠小偷。

後來我觀察發現，這種偷建材的行為，在鷺鷥林中常常發生，很像人類的社會。

5. 新生代

四月二十三日，名叫多情的黃頭鷺產下第一顆蛋，二十四日產下第二顆，二十五日產下第三顆，並開始全天孵蛋，二十七日產下最後一顆。這是最多了，大部分是四顆，也有三顆的。

在產卵期間，多情在一天裏交尾多達四、五次，有時好幾隻公鳥一齊擠到牠背上時，我無法確知交尾是否完成，而且這種婚外交尾是毫無前兆，既無歌唱也無求愛之舞，往往突然一群公鳥湊在一起疊羅漢，最多時，我見過五隻公鳥疊在一起。

四月下旬，林中已經有許多小鷺鷥孵化，多情仍然耐心而安靜地孵蛋，牠每隔一至二小時，會用喙翻動翻動每一顆蛋，好使蛋的上下部分能均勻受溫。

夫妻倆輪流孵蛋，下班者立刻外出覓食，大約要半天才能回來。回來時，牠會待在巢邊的枝上，孵蛋者隨即站了起來，抖抖身子，然後小心翼翼地、慢慢地，走了開去，換上剛回來的接班。

有一天，林中來了三個大約十歲的村童，悄悄躲在一棵較矮的樹下，三個人一起用彈弓對著一個巢射去，巢中的母鳥一下子被驚飛，結果有兩顆蛋在牠蹬[2]腳起飛時，

2 蹬（ㄉㄥˋ） 腳踩在某物上，用力往前跳。

被蹬出巢外落了下去，一顆掉在地上，一顆打在一個村童的肩上，蛋殼碎裂後，現出裹頭已成形的胎鳥。另外稍高的巢裏，一隻母鳥也同時被驚飛，把一隻毛絨絨的小鳥蹬出巢外落到地面，當場死去，我只好把村童訓斥了一頓，逐出林外。

五月十四日中午，多情的第一個孩子破殼而出，傍晚又有兩個孵出，最後一顆蛋大概是在深夜裏孵化，因為第二天早上我發覺時，牠的胎羽已乾。這些蛋經過足足二十一天到二十二天才孵化。

現在我觀察的對象增多了：花嘴有四個黃口小兒，多情也有四口，小寡婦有三個，三羽有四隻幼鶵。

整個鷺鷥林中充滿著小鳥討食、呼叫的吱吱聲，大鳥飛進飛出，洋溢著一片盎然生機。

6. 小寡婦

梅雨開始了，一陣陣冷雨飄落，胎毛未換的幼鶵全靠雙親輪番替牠們擋雨遮寒：大鳥蹲伏著，微開雙翼，把幼鶵擁住。

下雨時，只有一隻大鳥可以外出覓食，但鶵鳥漸長，食量越大，一隻大鳥攜回的食物根本餵不飽，漸漸個子小的越來越搶不到食物，身子更見弱小。

有時，鶵鳥飢餓哭鬧，留巢的大鳥會在雨勢稍小時，也外出覓食。

五月二十四日，花嘴最小的鷄鳥死在巢裏，牠回來時，用喙把屍體拖到巢外，翻落地上。

五月二十五日，多情也少了一隻幼鷄。

連續的梅雨使得氣溫下降，最冷時，只有攝氏十八度，加上雨水使鳥失溫更快，加速了營養不良幼鷄的死亡。這是大自然對生命的考驗，只有能熬過這種磨練的生命才配活下去。

五月二十八日，花嘴又在風雨中死去一個孩子，我認為牠多半是凍死的，因為大鳥出外覓食一直沒有回來，雨下得很大，三隻幼鷄擠成一堆，死的就是最上面的一隻，牠的細毛全濕透、伏貼在身上。

五月二十九日早上，我發現名叫髒鬼的雄小白鷺似乎情況不妙：牠呆呆地立在枝上，雙翅略垂、頭微下彎、尾羽髒濕、身形萎頓[3]。牠的兩個孩子搖搖晃晃走出巢來，朝牠行去，嘴巴張得大大的，吱吱地向牠吵著索求食物。

髒鬼無力地向外緩緩挪了一步，我看見雨滴從牠的尖喙滴落，後來牠勉強起飛，完全不是往日那種一蹬沖天的起飛，而是歪斜的，幾乎撞上樹頂、勉強擦樹越過，然後消失在樹的那一邊，這是我最後一次看見牠，就此一去不回，我猜牠多半是死在野外了。

牠老婆成了「小寡婦」，獨力撫養兩隻嗷嗷待哺的幼鷄。

3　萎頓　亦作「委頓」，疲困。

7. 大難

五月三十一日，從凌晨開始，傾盆大雨一直降個不停，原本我打算天亮後要到大甲鎮上去補充一些糧食和乾電池，但雨實在太大了，我想口糧勉可撐到明天，因此我決定順延一天再進城。

雨非常大，偶爾還夾著一陣強風，鷺鷥林中只有風雨聲，以及偶爾幾聲尖厲淒涼的幼鶵討食的哭叫，大鳥的翅像雨傘、像屋頂一般遮護著鶵鳥，另一隻大鳥則縮著脖子孤立一旁的枝上，對小鷺鷥和我來說，最悲慘的時刻來到了。

大雨整整下了一天一夜仍未稍歇，我的營帳也滲水了，我用塑膠袋把照相器材包好，然後我自己鑽進飽含水氣的睡袋中做白日夢。陣風吹動著竹臺，微微搖晃著，我好像睡在海上漂流的孤舟上。六月一日近午時，風雨稍停，我鑽出營帳，剎時為眼前令人難以置信的景象所震驚——整個樹林底下全泡在水中，我的觀察臺下面正奔騰著洪流，除了中間一塊高地像孤島一樣露出外，地面全為洪水淹沒，我想一定是大安溪尾泛濫了！我受圍困了！

鷺鷥們更慘了，小寡婦的一隻幼鶵不見了，另一隻也癱在巢裏，顯然是死了，小寡婦自己則呆立在枝頭，彎垂著細長的脖子，好像不相信牠已家破人亡。

楚留香折損一子，三羽夭折兩隻幼鶵，現在大鳥全部出動覓食去了，幼鳥也都走出巢外，呆立在枝上，痴盼著雙親攜帶食物回來。

下午鷺鷥相繼回巢，帶回了食物，一時之間，鷺鷥林充斥著小鳥索食的叫聲。雖然一時不能填飽幼鶵們的大胃，但至少生命可保。倒是我的問題難以解決，因為我沒有翅膀可以飛越洪水去覓食。

8. 求生

六月一日中午，吃過一包乾麵後，我就完全斷糧了，我躺著，儘量減少活動，一夜餓得輾轉難眠。

大雨仍然斷斷續續的下著。六月二日早上，我爬出帳外，發現洪水依然奔流，我知道我必須先找一點食物裹腹，否則麻煩大了。

我看見那塊露出水面的高地上長滿了墨綠茁長的龍葵，大概是去年鷺鷥留下的糞肥，使它們長得非常茂盛。再過去一點，一棵去年枯死的禿樹幹上，長了不少灰白色的野菇，這是我全部的希望了。

我帶著塑膠袋，在微雨中外出，我正爬下竹臺，突然瞥見[4]一條手腕般粗的臭青公蛇纏在竹臺的柱上，牠是被洪水沖來，爬上來避難的。

我從牠身邊的竹梯爬下，牠用西藏風俗向我致敬——

4 瞥（ㄆㄧㄝ）見　突然、無意中看見。

吐吐舌頭。牠是我難得的訪客，可惜我沒有食物可以招待牠。

我越過及腰的洪水，到達長滿龍葵的孤島，我採集龍葵的嫩芽和嫩葉，然後又爬上枯樹採集野菇。

我吃了一頓生平覺得最美味的佳餚──雨水煮龍葵葉加野菇。我驗證了我父親的名言：飢餓是最佳的佐餐。

六月三日，大水稍退，但尚無法脫困，我又去採了龍葵葉，嫩的吃完了，現在老葉也只有將就，未長大的幼菇也不得不半折半挖地採擷出來下鍋。

那條蛇依然在我爬上爬下時，向我吐舌致敬。我倒希望牠是伊甸園中那條蛇，能為我帶來可以充飢的水果，那怕是甚麼禁果，甚麼誘惑之果。

9. 脫困

六月四日我在清晨醒來，趕忙爬出帳外，發現洪水已退，臭青公蛇也不告而別，在黑暗中離去了，想必牠知道我並非天生善良，當龍葵葉和野菇吃光後，我也就沒有藉口不吃牠了。

久違的太陽出來了，我攤開一些弄濕的器具曝曬，突然我聽見有人大聲呼喊，我探頭一看，正是那位包工，提著一籃食物走進來，他的笑容告訴我他很欣慰我的無恙，但他卻用相反的方式表達，他笑著說：「你要是翹去，我只好獨自野餐了！」

後來我知道，他前一天曾試圖來過，但受阻於一片浸水的芒草區。他多少有點良心不安，害怕他使用舊材料搭的竹臺陷我於浩劫。

我們聊了一個早上，但我就是無法使他相信，我只是為了拍白鷺鷥的生活史，他說：「白鷺鷥又不能吃，賣也沒人要，更免說照片了，你還是老實告訴我，你到底在這裏幹甚麼？反正我也不會跟你搶，更不會告訴別人，我只是好奇，活了五十幾歲，是我第一次遇上這種怪事，想起來就教我睡不著啊！」他說到後來幾乎有點哀求的語氣！

「好吧！」我說：「看在你這麼好心的分上，告訴你吧，我拍到一張好照片，可以賣到一兩千元！」

只要有錢，他就信了，他說：「這樣按一下就可以得一、二千元，你住在這裏這麼久了，少說按了幾千下了吧？」他的臉上露出羨慕以及一點貪婪的笑容說：「你那照相機多少錢？照相這行業看來比我包工這行好賺多了！」

「我也老實告訴你！」我認真地說：「我常常一個月賣不到兩張啊！」

他愣了半天，突然若有所悟地說：「就是嘛，照片又不能吃，一張一、二千元，只有哮人才買！」

他是一個簡單、可愛的鄉下人，用錢和吃來衡量一切，一輩子夢想著發財，動了不知多少發財的點子，而且永不死心，就是他死了，他的白帖子仍然是他發點小財的希望。

10. 武器

洪水退去的第二天，我發現樹林地面上突然多了六隻跑來跑去的孤鶵，牠們有的是掉落樹底下從此回不了樹上，有的是雙親死了，肚子餓得受不了，自己跳到地面來，牠們全靠樹上大鳥餵小鳥進餐時掉落下來的食物為生。牠們是一群流浪的孤兒，過了一週，只存活三隻。

有一天，我發現一隻幼鶵不知怎麼會把腳挾在樹枝間，怎麼也脫不了身，我就爬上樹去準備救牠。當我剛爬到一半時，突然住在較低枝上兩隻夜鷺的幼鳥，賞了我兩泡腥臭的「糞彈」，這是我第一次領教牠們的武器，遇到這種炸彈，鮮有不掩鼻而逃的動物。但我救鳥心切，忍臭往上爬，而且我心想：「沒糞了總不成還灑尿吧！」

我繼續上爬，頭剛剛快觸到夜鷺巢，突然又是一團腥臭落在頭上，我加緊速度往上爬，頭剛超過鳥巢，正好看見一隻幼鶵施放武器：牠雙翅微展，做勢攻擊，牠頭稍稍往後一縮，突然自口中朝我吐來一團黑色糜狀帶腥的團塊，這就是剛剛落在我頭上的「炮彈」。

受了兩次攻擊，我終於知道，糞便以及把嗉囊中的食物吐向敵方是牠們的兩大秘密武器，後來我也發現，大鳥們的「糞彈」準得厲害。

11. 習飛

梅雨終於遠去了，大難不死的鷺鳥急速地茁長，小巢也容不下而擠到巢旁的枝上，灰白色的胎毛褪盡，長出潔白的羽毛，大鳥不斷地逼使幼鳥習飛：大鳥每次攜帶食物回巢都站得遠遠的，誘使飢餓的鷺鳥飛跳過去，餵了一口，大鳥又移到另一枝條上，讓幼鳥再飛跳過去。再大一點，大鳥就開始飛跑給幼鳥奔飛來追，最後大鳥乾脆停在鄰樹上，逼使幼鳥奔飛過樹。

鷺鳥在等待雙親回巢期間也不再呆立，總是不斷地練習揮翅，慢慢的，敢嘗試枝與枝間短距離的飛越，最後新羽完全長好了，終於敢在樹間飛行。

六月下旬，第一批孵出的幼鳥終於跟著大鳥外出覓食去了，樹下的三隻孤鷺也幸運地在六月底飛上樹來，小寡婦也有了新歡，產下了兩顆蛋，又忙著在抱卵。

這一切堅韌不屈的生命底茁壯，教我衷心快慰欣喜，歷經了風雨和飢寒，通過了大自然嚴苛的考驗，鷺鷥鳥展開了另一程豐富的生命之旅。

12. 告別

七月將臨，暑意漸濃，林中的毒毛蟲越來越多，兇惡的大螞蟻也看上我的竹臺，在竹洞內造窩，並不斷向我進犯。

樹下的沒骨消正開得一片繁花遮地，鳳蝶和野蜂翩飛花上，我揮別了鷺鷥們，牠們早已習慣我的存在，不再像我剛來時，對我發出尖銳的驅逐令。

我走出林外，遇見十幾個砍樹墾地的工人，他們告訴我，一個縣議員在兩年前向地方政府放領了這片樹林，要將它開闢成農田出售，兩年來已開出三公頃地，這片樹林正逐漸地縮小。

我回頭去看那片生機蓬勃的鷺鷥林，心中湧起了一股憤怒與悲傷：被人類逼至高山海角的野生動物，最後還是不能苟安。

也許明年，也許後年，我再來時，樹林或許已經消失，那些鷺鷥鳥呢？……。

作品導讀

作者對於生態保育一向不遺餘力，為了拍攝鷺鷥的生活史，深入森林，與觀察對象們朝夕相處達三個月，完成相當珍貴的「荒野經驗」。從搭建觀察臺開始，不計代價，一切以保育為優先的態度，顛覆了包工的邏輯，毋寧說，其堅持與識見，同時也震懾了長期以來忽略生態環境的人們，原來不敢驚擾是接觸鷺鷥的第一步。當主角登場，黃頭鷺和小白鷺們進入作者眼簾，馬上獲得被親暱叫喚的名：花嘴／楚留香、多情／大方、小寡婦／髒鬼、三羽／小偷，透過作者的細膩觀察，乍看之下，原本無甚異同的一般鷺鷥有了各自的外形與性情。

首先，據實描述拍攝鏡頭下的親見親聞，令人咋舌的是，先前看似一夫一妻制的鷺鷥鳥們竟然有雜交現象，其後歸結原因，認為這是有利於種族繁衍的結果。作者不以豐富的學術資料與研究口吻，說明物種綿延的始末，而選擇以親身見證，觀看鷺鷥們的一舉一動，從日常行為中，提出自然生態的問題，並尋求解答。接著，分析偷建材的雄鳥作為，生動傳神，像極了人類社會的不法行徑，以類比方式理解鷺鷥，不僅拉近了動物與人的距離，也令人好奇，鳥類群體中是否存在社會性？

從築巢、求偶、交尾、產卵、育雛的過程，發現新孵化的胎鳥因為頑童捉弄，而面臨生存威脅，但同時，因為新生代的孕育，鷺鷥林中洋溢著盎然生機，熱鬧非常。其後，鷺鷥們終究得面對惡劣氣候的嚴峻考驗，生命的磨練決定誰能繼續活下去，閱讀至此，方知「小寡婦」一名其來有自，作者行文儘量抽離個人情感，只以理性口吻、詳實紀錄來呈現，字句間沒有悲痛憂傷，益見自然界的常與無常。期間，大安溪氾濫，在森林的觀察者面對斷糧的危機，先前熱鬧的鷺鷥林，也因而折損了許多生命，可謂大難臨頭，作者憑藉豐富的野外經驗，靠著野生植物求生，直到包工前來援助，兩人展開不同立場的對話，一為接近自然生態，一為追求現實利益，進而凸顯雙方迴異的價值觀。

隨著觀察的進度，發現鳥兒以糞便作為攻擊敵人的武器，以及雛鳥習飛的獨立過程，直到觀察行動結束，遇見砍樹墾地的工人，作者的情緒不禁迸發，為鷺鷥們未來的處境感到憂心，文末告別樹林之語，以疑問句輕嘆，對於「本然就是美」的樹林終將消失與長久觀察的鷺鷥們將失去棲身之所，憤怒與哀傷之情，溢於言表。

（王秋文）

延伸閱讀

一、趙亞玲：《徐仁修散文作品研究》，東海大學中文系碩士論文，2008 年 6 月。

二、陳琳琪：《徐仁修散文研究》，台北市立教育大學中語系碩士論文，2007 年 6 月。

三、徐仁修：《思源埡口歲時記》，台北：遠流出版社，1996 年 11 月。

四、王小璘、陳貝貞、葉禮維：〈台灣濕地研究現況與未來發展〉，《國家公園學報》，2009 年 6 月，頁 35-46。

五、徐仁修：《與大自然捉迷藏》，新店市：泛亞國際文化出版，2004 年 5 月。

六、藍建春：〈自然烏托邦中的隱形人——台灣自然寫作中的人與自然〉，《台灣文學研究學報》，2008 年 4 月，頁 225-271。

洪素麗

作者簡介

洪素麗（1947 - ），高雄市人。生於高雄市紅毛港。三歲時舉家遷到對岸的哈瑪星。鼓山國小、高雄女中、台大中文系畢業。赴美習畫，現居紐約東村。為專業畫家與作家。得過中國時報、聯合報散文獎。繪畫作品為大英博物館、以色列耶路撒冷美術館、美國華盛頓特區國會圖書館等全世界二十多家美術館收藏。著有《十年詩草》、《港都夜雨》、《黑髮城市》及《打狗樹仔》等。

苕之華

1. 苕之華，其葉青青

十五歲時的我，在菜瓜花架下誦讀《詩經》──「女子有行，遠父母兄弟……」並不懂得做遠洋飄泊之夢。母親遞過來一把炒香蠶豆，滿面憂容地說：「阿華又被趕出婆家了！這回是不小心打破了一只醬油瓶。」阿華是個鄰居家的好女孩，小時候一起踢毽子一起長大，比我大三、四歲，母親早逝，由祖母撫養大；經常行船出遠門的父親，在祖母去世後匆匆把她嫁了，阿華初中還沒畢業，還是個童心未泯的孩子哩！

──苕之華，芸其黃矣，心之憂矣，惟其傷矣。

我的人生還未開始時，阿華已為人婦、生子，並且做了棄婦。

2. 乾溝飄拂草

從旅舍的窗子，可以看到外海的船隻，玩具般玲瓏可愛。纏足的祖母牽兩歲的我，應和海龜蹣跚[1]的腳步，去眺望林投林外的大海。那是大戰後一個難得的好春日，所有的漁船都經常滿載。黃槿樹開滿鮮黃色杯狀的花。

祖母離去很久了，我依然酷愛眺望大海啊！爬上馬鞍藤盤踞的高丘，木麻黃叢林內滲著焦油般的渾濁燈光的薄板壁小屋內，臨盆的阿秀正發出撕人心肺的大聲嚎叫。八歲的我踮起腳尖，攀住粗殼板屋的罅[2]裂口偷窺；火光跳躍中有一團濃血，悸動著甫下地的一匹紫灰色幼獸般的小肉軀。

在高潮線上青綠了一春又一夏的乾溝飄拂草，十月以後，在東北季風挾浪擊帶來的鹽霧吹拂浸染下，開始發黃、枯萎。伴生的島嶼馬齒莧則潛入海岸坑穴蟄伏，悄悄在石隙間開著乾燥花般的白色與淡紅色薄片星形小花，忍耐著度過灰暗多風的冬天。來春春雨滋潤如膏，飄拂草再度泱翠如綠色的海。曾經難產的嬰孩也熬過了初生夭折期，掙脫襁褓，在春陽燦爛的岸灘上學步，張開幼稚雙臂，迎接小漁村裡陸續回航，雲旗招展滿載的漁船。

3. 今我來思，雨雪霏霏

船帆泊碇在風雨欲來的港灣。三歲時舉家遷徙來落居

1　蹣跚（ㄇㄢˊ　ㄕㄢ）　形容步伐不穩、歪歪斜斜的樣子。
2　罅（ㄒㄧㄚˋ）　空隙、裂縫。

的港都，展現好遼闊好豐饒的海啊！魚鷹與海鷗逡巡[3]飛翔，麕集[4]爭食的海面，閃爍銀錠光芒。

多年來，魚鳥死亡滅絕，港灣海水烏黑惡臭。銀合歡在颱風天倒折枯乏的乾軀，描繪著美麗色彩的重噸漁船仍苦心不竭地營造，入海到更遠更遠的海域去撈魚。空虛的內海在暴雨中歇的傍晚時分，不速之客般駕臨久無飛鳥訪客的內海灣，數百隻小燕鷗，發出切擦磨牙般的脆叫聲，碎米粒般撒向濃雲囤積的天邊。

港灣旗鼓相當的兩座小丘在風暴肆虐時，彷彿為了取暖而互相移近一點；雨雲稀散，燈塔發放霧粒的黃色光亮時，又把岬角對立的小丘推開了一些，正好容納一艘巨大的黑色島嶼般的商船緩緩駛過。伴隨船尾翻騰灰色浪沫，是搧著神經質的尖長羽翼的小燕鷗群，跟在船後快速地飛掠水面，挑食被船底中切翻掀出來的水族幼魚。

船塢漁船在大浪搖擺不定中瓶罐般地碰撞。密麻麻小灰點的燕鷗群則比粗灰的雨點顆粒稍大，炊煙般，在大風大雨中，迤邐[5]隨大商船飄曳出堤防外海去，消失。

4.扇平的雨林

夜來小溪漲滿，我在旅途睡夢中驚醒，水聲潺潺流過

3 逡（ㄑㄩㄣ）巡　徘徊不前。
4 麕（ㄐㄩㄣ）　一作「麇」，群集、聚集。
5 迤邐（一ˊ　ㄌ一ˇ）　連續不斷的樣子。

我耳際。吹氣般貓頭鷹的嘘鳴伴隨悶鈍鼓蛙的節奏，踩著枯葉急行的夜行動物，從足聲的輕重緩急依稀可辨是哪種族類。由於獵人在日間獵捕過度，所有的野生哺乳動物都轉變成了夜行動物，為了夜是一種保護色。並且一種動物轉為夜行，捕食牠的剋星也必須擇取在夜間出沒，食物場與競爭場從日間移到夜間，所有野生動物都獲益了，因為牠們有志一同擺脫掉了最大的共同敵人——獵人！

山豬在櫟樹底幹磨牙的聲音漸趨單調時，我再度入睡。夢裡跋涉雨林中，走出雨林，是一片潮濕草原，北極圈的凍土地帶。我不停輕快地疾走，找到了著落北極點的一塊平坦的冰石，是盛夏冰山融解移游後僅餘的固定的一塊冰石。我疲憊地攀越上去，趴下來，俯望無終無極的南方——所有的方向都是朝南；灰色草原的南方，南方之南的島嶼西南方，一片海拔七百公尺的濃綠雨林中，伴和一群饒舌聒噪的樹鵲，是一隻黑紅相間的美麗的朱鸝，拖著緋紅色長尾羽，曼妙地旋舞於如煙如帶的綠林中。扇平的雨林。

5. 野有蔓草，零露瀼瀼

大白斑蝶沾滯在沒骨消的白色花團上，久久不動。近午的陽光透視牠美麗的黑白線條相間的大羽面，使其透明。

尼姑庵新近接收了一個五個月大的女嬰。女嬰母親是個十七歲的未婚媽媽。至於父親那小子，從工廠跑了，下落不知。

隔了一百公里，女嬰被母家的人從中部台灣小鎮送來南台灣深山的廟裡，意思當然很明白了——讓她們母女隔成一世那麼遠，永不復再見。

大白斑蝶輕輕揚著沒有重量的大圓翅，飛到河岸。河岸上芒草洶洶地長著。

尼姑庵的尼姑們，有一種不敢露骨表現的驚喜的騷動。她們在唸經種菜打掃化緣和香客打交道之餘，輪流都做了未婚的媽媽，盡情發揮她們與生俱來做母親的慾望。女紅好的尼姑興會淋漓地裁剪灰色棉布，連夜車縫了好幾件嬰兒小衣，並且裁製穿舊的灰色袈裟縫成軟軟布條做尿片。女嬰必須素食，並且她將對爸爸媽媽一無所知，只會稱呼每一個尼姑做：「阿姑！」

大白斑蝶若有所思地離去。交錯飛來一雙銀紋淡黃蝶，棲息下來吸食河岸淺水。風車草在正午烈日下抽稈展葉，橫衝直撞地漫生，吐露著黃土顏色的小花穗。

6. 既見君子，並坐鼓笙

終年飄泊於越冬區與繁殖區的鯡魚與海象，穉鷸與黃鶯，再度繞回金色海岸的原鄉時，懷抱什麼心情呢？

中年的我已數不清飄洋越海幾度了，身上印滿冰雪挫傷的寒氣，北地火焰草的氣味；回到亞熱帶的島鄉，迎面撲來燥熱的乾沙與炙風。如何去重新尋覓菜瓜花架下，誦讀詩經的年少情懷呢？

最好的朋友是最敬愛的老師。「既見君子，云胡不喜？」「安得促席，說彼平生。」向晚趨暗的墨綠色小庭院，一株抽長的白色荷花亭亭站立在水缸中。疑心它應該是有香味的，走近去猛嗅著，卻又沒有。跟老師大聲說：「再見！再見！」抬頭見高撐入空的檳榔樹風搖稀疏的羽葉，好似發出了輕微的鳥羽拍翅聲。有嗎？有嗎？白荷花有香氣嗎？檳榔樹有鳥翅聲嗎？老師再見！再見了！海岸線漫漫浮漲到眼眉之下，變成一抹濃稠的靛藍，溫溫如玉的老師站在白玉荷花的庭院中，退隱到滿潮的浪峰後面去了。澎湃海潮轟然升起，把遲緩飛行的黑脊鷗羽翅打濕，刷刷洗濯後浮現山另一張因為癌病侵蝕挖掉半個顏面的模糊的臉。老師再見了！長滿菖蒲花的草原鋪展到星子懸垂的海崖，掉入後方虛空的大海中，沉沒了！我的費南度自狹長的火車鐵道穿過七個黑黑的山洞後，重新清新地站在復次明媚的車窗外，一座青翠滿覆的山！

阪有桑，隰有揚，既見君子，並坐鼓簧。今者不樂，逝者不亡。

作品導讀

作者彈奏古調，謳唱新曲，本文題目「苕之華」乃是

《詩經・小雅》的篇名，全文區分為六小節，各節均有標題。首節「苕之華，其葉青青」借用〈苕之華〉一詩之第二章前兩句，指花落葉盛，好景不常；第二節「乾溝飄拂草」乃臨海草本植物名，屬高抗環境能力的草種；第三節「今我來思，雨雪霏霏」語出〈采薇〉篇，是三百篇佳句之一；第四節「扇平的雨林」，扇平位於高雄縣，是著名的賞鳥地點；第五節「野有蔓草，零露瀼瀼」出自《詩經・鄭風》；末節「既見君子，並坐鼓笙」則化自《詩經・秦風》。這種擬古詩歌為題的做法，使全文瀰漫濃郁詩意與古老情調。

文章第一節首先回顧誦讀詩經的青春歲月，想起了那個和自己年紀相仿的童年玩伴，小小年紀做了棄婦，生命的困頓以致凋零，竟如苕之華——凌霄花落的蕭索，令人感慨。第二節以濱海地區常見的植物，如馬鞍藤、黃槿樹，以及防風林樹種木麻黃，訴說對於大海的記憶，記憶中纏足的祖母與第一節阿華的祖母，隱然遙承，而和煦春日眺望大海的經驗，卻發展出與上節截然不同的明亮情調，直到驚見阿秀難產過程的一幕，宛如春夏時青綠的乾溝飄拂草進入秋季，發黃枯萎，必須接受生命的挑戰，度過難熬的冬季，而不論氣候環境如何惡劣，馬齒莧始終活得怡然自得，綻放希望，來年春天，滿載的漁船一如那年戰後平安的春日，大地又恢復一片生機盎然。

第三節續以時間感為思考線索，以對比方式呈現港灣的昔日光芒與今日黯淡，昔日丰采不再縱然令人感嘆，然而今日的魚鳥滅絕、海水惡臭，無疑摻入人為因素的破壞，益發人省思。第四節寫夜夢的扇平雨林中，朱鸝鳥翩翩起舞，舞姿曼妙，不必憂慮獵人的驚擾或捕殺，字裡行間透露作者的心疼與期盼。第五節則以大白斑蝶的來去為主線，穿插尼姑庵出現新生女嬰的故事，故事梗概簡明扼要，著實不幸，但烈日下漫生的花穗，象徵女嬰在尼姑們細心照顧下成長，向苦難命運拚搏出重生的機會。

末節則以鯡魚、海象、稱鷸與黃鶯回歸原鄉為喻，寫自我歷經長年漂泊後，歸返島鄉，尋覓過往的歲月蹤跡，一語綰合六節，使全文聚合成一完整的圓，圓弧裡錯落幾個人生故事，有失望，有盼望，故事與故事間看似各自獨立，實際上對於生命的消逝與重生皆有其深刻的見解與信念。

（王秋文）

悲歌島鄉

芒果樹與蟬

一個動盪的年代。學生時代的革命情緒死灰復燃。我已是半百老人。

大戰前後我們被戰火烙成廢鐵，心靈與肢體一般殘缺。戰後未得喘息，二二八狂飇[1]把我們一群少年仔大風般吹颳不剩。福爾摩沙，記取妳孤寂四百年歲月，我的半百坎坷。蒼鷹劃空一聲呼嘯，是我最後的絕望的呼喊。

又是送走第N個二二八，進入芒果樹開花時節了罷？蟬在密葉中吱，吱——地尖叫，可懷念的夏日之歌啊！

絕食是我凝聚意志力作最後的神聖的抗議之戰。然後，我將衰弱身軀交還惡濁人世。愛人與仇人或將不分彼此，擁抱在一起。撩亂如網無花無葉的人世，我曾得到最好的，也遭遇到最壞的。福爾摩沙，妳是我的生母與養母，四百年大海中孤寂的哺育與反哺，從來就不是單純的母子關係，我們之間受到很多干擾、背棄、絕望、復仇、眼淚、禁錮，與斷裂、重逢與擁抱、愛人的傷口、母親的

1 狂飇　暴風，飇一作「飆」。

掌心、父親凝霜的眉、叔叔的橫死、外來者的歧視、語言的踐踏、良善者澈骨的摧殘、棄兒的徬徨，重新站立。

外面朋友集聚高喊，永別摯愛的朋友。福爾摩沙永遠留印著我的祝福，與祈望。

馬纓丹與魚狗

搥牆哭泣的母親，悲歡歲月埋葬深井無波，那裡是她的歸宿。

四個兒子由於莫須有的罪名被下獄。封建社會最慘酷的連坐入罪法。曾是醫生娘的婦人，出身好人家的女兒，音樂、美術、文學，無所不精。兒子們的教養，費盡她的心力，教給他們基督獻身的人道主義，為人間最醜陋深惡的罪孽贖罪。

馬纓丹在鹽田白水邊沾著盛夏的濃塵綻放橘紅色小花序。魚狗靛青流亮羽翅竄越漠漠鹽田。赤白暑熱的日光，焦渴鹽田的青藻氣味。明亮日光反射鹽田，更加亮得令人睜不開眼睛，好似刺刀。兒子們，日復日，年復年，在黑暗陰潮悶熱的牢獄中，喘息如畜牲。無望的期待喑啞[2]母親的呼喚，長日刺刀般割斬母親的心。永夜瀑湧淚水枯乾了空洞的眼眶。

母親再也看不到馬纓丹的盛放。母親瞎了。然後永訣

2 喑（ㄧㄣ）啞　啞巴，口不能言。

充滿刺刀與荊棘的人世。

茉莉花與水牛

　　襁褓[3]時，二十一歲的年輕父親被投入黑牢中反覆拷打、折磨。敲掉滿口的牙，折斷英挺身軀的肋骨，挫傷擊椎柱坐骨。女兒呀！為父的為了替妳這一代爭取更大的民主自由而受難。女兒呀！無父的女兒，妳長大到七歲，折著田野籬畔一枝發出淡淡馨香的茉莉花嗅著玩時，旁邊蹲著反芻的水牛，默默以帶淚的大眼睛注視著妳時，幼小的妳，或許可以慢慢學習感受：那是背著勞苦重厄的為父的眼神哩！

　　女兒呀！無父的女兒！茉莉花是妳清美可愛的縮影。水牛是為父的背負重擔的化身。

蔗田與烏秋

　　兀鷹三隻在河岸上方盤旋繞圈。

　　落葉飄零的年代，苦楝花開的年代，台灣連翹枯萎的年代。

　　河上漂下來屍體，牽亡渡橋頭，硝煙未完，逃難人潮抵濁水溪畔。

3　襁褓（ㄑㄧㄤˇ　ㄅㄠˇ）　包裹背負嬰兒的布被和帶子。後借指嬰兒時期。

荖農河[4]岸開展青青蔗田，田中一窪炸彈坑洞，無數蒼蠅聚滿洞口碎屍上。

河流繼續行走，牽亡渡過橋頭，苦楝花開過，蔗田開始收割。逃難人潮風塵僕僕回去荒蕪的家園，兀鷹噬光肉屍碎片，無所事事地飄蕩空中。

重整過的農地，重插碧綠秧苗的稻田，重冒炊煙的家屋，重新灑掃的庭院。竹叢茂密颯颯風搖，一隻漆黑水亮的烏秋，從竹枝末梢彈跳出來，飛往蔗田去。西北雨自天邊漁陽鼙鼓[5]動地而來。

——選自《文學界》26期，1988

作品導讀

〈悲歌島鄉〉由「芒果樹與蟬」、「馬纓丹與魚狗」、「茉莉花與水牛」、「蔗田與烏秋」四則短文組成，作者透過四則片段故事為背景，以冷冽、悲慟的筆觸，將發生於過去的幾段悲劇，以晦澀沉重的文字呈現，且運用豐富意象，傳達歷史悲劇下的不幸。

「芒果樹與蟬」首段提及「一個動蕩的年代是學生時代的革命情緒死灰復燃。我已是半百老人」一句點出主人

4　荖農河發源於玉山，流經高雄縣至屏東入海時，叫「高屏溪」。

5　漁陽鼙鼓　「鼙」一作「鞞」，本指唐安祿山自漁陽興兵作亂。後泛指兵災禍亂。

翁為半百老人，以下便以一連串錯落文句的自述口吻，形容台灣歷史意識帶給人們複雜多樣的情感，然而在芒果樹花盛開，夏日蟬鳴的背景下，展現主人翁超越悲情的一面，因「蟬」多為品格高潔的象徵。

「馬纓丹與魚狗」一文，則敘述遭逢喪子之痛的母親，再也看不見夏日馬纓丹及魚狗的希望。「魚狗」即「翠鳥」象徵幸福，馬纓丹則因由眾多小花聚集成大花，故有家庭和睦的象徵。「茉莉花與水牛」則是以「水牛」比喻受難的父親，以「茉莉花」暗指女兒，呈現出父親眷顧女兒之情。二段悲慘事件中，反映出因二二八而導致家破人亡的景況，以及父母親對子女無私付出的愛。

末段兀鷹即象徵殺人者，「苦楝花開的年代」暗引吳濁流《亞細亞的孤兒》，以苦楝花象徵中國，「台灣連翹枯萎的年代」亦引自吳濁流《台灣連翹》。「烏秋」鳥一如烏鴉，象徵大禍將至之兆，而蔗田象徵大屠殺的區域。

本文以大量怵目驚心的字眼，真實而深刻地描繪出一幅駭人聽聞的畫面，如「蒼鷹劃空一聲呼嘯，是我最後的絕望的呼喊」、「在黑暗陰潮悶熱的牢獄中，喘息如畜牲」、「河上漂下來屍體，牽亡渡橋頭，硝煙未完，逃難人潮抵濁水溪畔」，可見作者用詞遣字往往能使人心頭為之一震，引起讀者深層的同情與關懷。而最後一句更是在突然之間預兆未知的殺戮即將席捲而來，令人不寒而慄，再三低迴。

（王秋文）

延伸閱讀

一、宋澤萊：〈論洪素麗的「黑髮城市」──八〇年代臺灣女性作家的美麗與哀愁〉，《臺灣新文學》第 8 期，1997 年 8 月，頁 233-234。

二、薛荔：〈鄉愁近矣！：讀洪素麗散文集〈昔人的臉〉〉，《臺灣文藝》第 95 期，1985 年 7 月，頁 61-66。

三、林俊穎：〈信美的吾土──評洪素麗《臺灣平安》〉，《文訊》第 270 期，2008 年 4 月，頁 112-113。

四、張瑞芬：〈臺灣，麗日平安──洪素麗的詩、畫與文學〉，《文訊》第 269 期，2008 年 3 月，頁 31-36。

五、張瑞芬：〈合歡交響──讀洪素麗《金合歡》、《銀合歡》〉，《文訊》第 250 期，2006 年 8 月，頁 92-93。

郭鶴鳴

作者簡介

郭鶴鳴（1951- ），台南麻豆人，現居新店彎毯。臺灣師大國文研究所博士。曾任臺灣師大國文學系教授，國中國文教科書國編版編撰委員，現為世新大學中國文學系教授兼系主任。1981 年曾獲聯合報散文第二名，1983 年以〈幽幽基隆河〉獲第一名。著有《國家考試國文科命題參考手冊》、《老子思想發微》、《王船山文學研究》、《王船山詩論探微》等。

幽幽基隆河

一個古老的傳說

曾經有一個很古老很古老的故事，不知是何許人編出來的，他這麼說：

南海之帝為儵[1]，北海之帝為忽，中央之帝為渾沌[2]。儵與忽時相與遇於渾沌之地，渾沌待之甚善。儵與忽謀報渾沌之德，曰：「人皆七竅[3]，以視、聽、食、息[4]，此獨無有，嘗試鑿之。」日鑿一竅，七日而渾沌死[5]。

故事說完了，接著，請讓我告訴你一條河流的生命歷程。

1 儵（ㄕㄨˋ） 本為快速、急速之義。
2 渾沌（ㄏㄨㄣˋ ㄉㄨㄣˋ） 《莊子》寓言中的中央之帝，天然無耳目鼻口。後用以比喻自然淳樸。
3 七竅 指人體的耳、目、鼻、口等器官。
4 息 指呼吸。
5 此典故出自《莊子・應帝王》。

源頭活水

平溪鄉薯榔村，這個臺北縣東邊的山地村子，就像任何一個小小山村，住宅疏疏落落地散布在山腳、在水旁。林間小鳥閒閒的啼鳴，告訴你山中歲月的幽靜。三月，山頭，天色帶點陰沉，隨著清晨的山風飄拂過來的，不知是雨是霧，輕輕軟軟的沾衣不溼。

十方圓明禪寺也許是納須彌於芥子[6]吧！名為遍照十方、既圓且明的這個禪寺，卻是小而不能再小。沒有窒悶的香煙繚繞，沒有喧嘩的遊人如織，一逕[7]的冷冷的寂寂，正是清修佳地。禪寺後方的山谷裏，巖之間石之隙，清泉汩汩，細流潺潺[8]，撥開山岩水石，欲尋源頭起處，卻早無端無跡。

這水應自天上來[9]吧！仰頭看天，却見橫在右側形勢奇偉的山壁凹處，那不知何人供奉的一座小小白瓷觀音，

6 納須彌於芥子典故出自《維摩經・不思議品》：「若菩薩住是解脫者，以須彌之高廣，內芥子中，無所增減。」佛教認為我們所住的世界中心是一座大山，叫須彌山。須彌有「妙高」、「妙光」、「善積」等意思，因此須彌山有時又譯為「妙高山」等。

7 一逕　一直。如《初刻拍案驚奇》載：「鄰人問了小娥姓名地方，就引了他，一逕走進申家。」

8 潺（ㄔㄢˊ）潺　指水流聲。

9 這水應自天上來，暗用李白〈將進酒〉的「君不見、黃河之水天上來，奔流到海不復回？」之詩句。

正自舒眉頷首[10]，報我以微微一笑。

大江始出，源僅濫觴。橫貫整個台北的基隆河，活水源頭，就是這麼一小片清清淺淺。

這兒沒有自來水，附近人家用黑色的塑膠管在源頭以山石圈起的小水塘裏取水。管子梢頭套片濾網，濾去草莖枯葉，汲引到家。那水清冽[11]中帶著甘甜，或者應該說，這才是真真正正的自來水呢！水塘滿溢了，水就順著水道流下，有的人家用來種花樹、養盆景，那花木看來自有一派掩不住的生氣暢茂；有的人家用來養魚，那錦鯉五顏六色，鱗甲片片鮮明，在一清見底的池子裏從容嬉戲，看那一副得其所哉的樣兒，魚之樂是根本用不著辯論的[12]。

這是天真未鑿的基隆河，洋溢著豐盈飽滿、清純可愛的生命氣息，也滋養潤澤了一切與他同在的生命。

平溪到十分

河水東流，踏上他迢遠的旅途。約五公里，至平溪村。沿途人煙漸密，污染漸多。「在山泉水清，出山泉水濁」[13]，古人的深沉慨嘆，在這裏獲得了現代人強烈的共鳴。

10 頷（ㄏㄢˋ）首　指微微點頭，表示招呼、應允或嘉許的意思。
11 清冽（ㄌㄧㄝˋ）　指水清澈而寒涼。
12 此段暗用《莊子・秋水》中，莊子與惠施在濠梁上論辯魚之樂的典故。
13 在山泉水清，出山泉水濁，語出杜甫的〈佳人〉詩。

坐落河旁的煤礦廠，取上游清新鮮潔的河水來洗煤，而報之以污穢渾濁。排放的髒水，在河中翻滾成一條條黑黑褐褐的毒龍。而河床上礦渣山積，垃圾成堆。岸上有成排成列的雞籠，籠邊散落一簇簇的雞毛、雞糞以及零零碎碎的內臟，在嗆人的生煤煙味裏特別腥臭撲鼻，中人欲嘔。伸出河堤的一根一根管子，家家戶戶的污水由此排出，河中破雨傘、塑膠袋載浮載沉，河水所經，那大大小小的石頭上不是蒼綠如茵的蘚苔，竟是油滑垢膩，如一頭頭面貌猙獰、正待攫人而噬[14]的水怪。

在這裏，基隆河濁臭逼人，已完全成了藏污納垢的淵藪。

河水繼續東流，約十公里，至十分寮。這兒素來以瀑布馳名。想像中的懸泉瀑布，應是潔淨靈動，如一匹匹奔騰跳躍的白駒；然而基隆河在此空自有一番含歛渟蓄[15]，那水卻是灰撲撲的，暗慘慘的；漱瀉[16]而下，轟轟隆隆的水聲裏，竟不見絲毫光采神氣。到過菲律賓百勝灘[17]的人，總難忘乘了竹筏穿進瀑布，讓飛泉兜頭[18]壓下的那一分刺激與震顫，那水是乾乾淨淨逗人親近的；但在十分寮，那水卻只能遠觀，你提不起興頭去戲耍撫弄。

14 攫人而噬（ㄕㄟˋ）　指抓人而食。

15 含歛渟蓄　指河水到此處留蓄積。

16 漱瀉　指河水沖刷傾瀉而下。

17 百勝灘（Pagsanjan），在菲律賓語中是「分支」之意，因為城鎮正位於兩條河的分叉點上而得名。

18 兜頭　朝著頭頂。

北上瑞芳

河水流出平溪，轉而北上，進入瑞芳鎮。沿途山勢婉蜒盤旋，河流隨之彎曲起落。崇山峻嶺之中，滿目青翠點綴著叢叢粉紅，那是一樹樹野生的櫻花。三月的春日裏，山風仍勁，呼呼聲中透著料峭[19]的寒意。極目北濱，隱隱可見浪花翻動，那就是深沉的太平洋了。

瑞芳，這個台灣北端最著名的礦業聚落，眼見它礦業鼎盛，燈火通宵；眼看它礦源枯竭，人去樓空。端的[20]是今非昔比，盛況不再。而基隆河靜靜地流入，又靜靜地流出，一切繁華，一切破敗，如幻又如化，似乎與他全不相干。

鎮內爪峰橋下，一邊河堤上有鎮公所用油漆大書的「垃圾亂倒河內罰金二四〇〇元」，但垃圾仍隨處可見；另一邊不見警告，垃圾可就多了，滿籮滿筐之外，還有一堆一堆的敗瓦殘磚。附近的小孩子說：「根本沒有人罰啊！大家還不是都一樣在倒！」人們總認為，反正滿佈河床的垃圾，只要雨季一來，就會全沖到下游，流到海裏去的。

不遠處河灘大石上，一位老阿伯正在釣魚。

「河裏有魚啊？」

19 料峭　形容風很冷。

20 端的（ㄉㄧˋ）　果然、真的。

「釣著玩的啦！有時釣到一兩尾，味道怪怪的，煮上桌也沒人敢吃。」

「敢是以前就這樣？」

「不會啦！我自小就在這河裏釣魚，以前好好的，人多了，時代進步了，河水就越來越骯髒，魚也越來越少了。」

河裏有魚，想見基隆河的生命尚存一息，但這樣萎弱困頓的神情，這樣瘡痍滿目的軀體，還要再遭遇基隆以下夾岸工業廢水的荼毒[21]，基隆河的生命便油盡燈枯了。

八堵到內湖

河水在端芳折而西轉，進入基隆。自八堵以下，沿岸工廠的數量急遽增加，那些未經適當處理的工業廢水，辛辣惡臭中往往帶著含有劇毒的重金屬離子，如鉛、鎘、汞等等，這些將慢慢地置基隆河於萬劫不復的死地。

本來，人藉著自反自省，可以使生命不致沉濺墮落；河川也同樣能夠自我更新，這就是河川的生命所表現出來的自淨能力。但當外來的污染超過了河川本身的負荷，惡性循環於焉開始，而河川也勢必陷入生命衰竭的窘境，只有奄奄待斃之一途。基隆河怎麼死的？他是被毒死的，被人們製造出來的垃圾、污水、廢水毒死的。

21　荼毒（ㄊㄨˊ　ㄉㄨˊ）　本指苦菜與螫人的毒蟲。此處用以比喻苦痛、毒害。

河水再西，經汐止進入台北市。在南港附近，河道與高速公路間聳立著一座巍峨壯觀的「人造山」，那就是臭名騰喧、啟用至今已十二年的內湖垃圾堆積場。每天台北市兩百三十萬人丟棄的垃圾全數運來這兒，山頂上川流不息的垃圾車蠕蠕而動，如腐屍上突突竄竄的蛆蟲；山頂山腰山腳下，沼氣自燃自滅，惹得煙焰處處；當風而立，空氣中瀰漫著一股令人忍無可忍的惡臭，說它如魔窟鬼域，正不為過。大雨一來，雨水自山頂直瀉基隆河，只見河中黃黃褐褐，真是集一切污穢骯髒之大成。此時此地，基隆河儘管水波微微盪漾，水草迎風招展，但看來渾不似含情的細語，活脫是無言的嗚咽[22]。

最後一段途程

河水婉蜒又西。在這最後的一段途程裏，基隆河流過的是台北市人口最密集的松山區、中山區以及士林區。人口帶來了污染，大量的人口帶來大量的污染，而污染破壞了生態，殘滅了生命。長此以往，我們就要準備接受難逃的浩劫了。

在圓山附近，中山橋上車水馬龍，中山橋下河水幽幽。在我們尚未能夠想像——因為那實在不堪想像——去迎接一個沒有鳥語、沒有花香的「寂靜的春天」[23]之前，

22 嗚咽（ㄨ　ㄧㄝˋ）　悲傷哭泣。
23 作者在此處特別以括字來標示「寂靜的春天」，有反諷之意。巧的是美國海

基隆河先已一片寂靜。他將寂靜地流到關渡，寂靜地注入淡水河，寂靜地入海。

萊因河曾經死過，現在它已復活。待到幾時，我們的基隆河能再恢復活潑暢旺的生機？我想起源頭石壁中那一座觀音，希望她回答我的不會只是一聲長長的嘆息。

——原載 1984 年 9 月 19 日〈聯合副刊〉

作品導讀

本文開始以一個古老的傳說，引用《莊子．應帝王》中儵與忽為報答混沌之恩德而為混沌日鑿一竅，結果七日後混沌卻因此死掉的寓言。為本文留下了一個楔子。而我們從這個隱晦而富有深意的寓言結果，便預示了基隆河的命運。

接著作者從源頭而下來說明基隆河的遭遇。首先是基隆河的源頭，也就是還在平溪鄉薯榔村時期的基隆河的水是如此的清澈，充滿生機，附近人家可直接將這兒的水汲引到家中使用，他就像源頭前方的觀音像，那樣溫柔的笑著，也似天真未鑿的混沌一樣引人喜愛。順著河水而下來到平溪到十分，這裡的河水已飽受家庭污水、工業與畜牧

洋生物學家瑞吉兒．卡森（Rachel Carson），曾於 1962 年出版《寂靜的春天》（*Silent Spring*）一書，引發了公眾對環境問題的注意，促使各國政府正視環境保護問題。

業廢水的污染，而變得污濁、臭氣沖不堪，故引出了作者「在山泉水清，出山泉水濁」的感慨。而那聞名遠近的十分瀑布也完全與作者心中潔白、靈動的形象不符，自然也就無法與菲律賓的名勝百勝灘瀑布相比了。接著北上瑞芳的基隆河，由於洗煤水及當地人的不注重環保且亂丟垃圾，於是河裡的生機也越來越少了，這也引來作者深沉的嘆息。而當河水在瑞芳西轉，進入基隆，經八堵，再轉側至內湖時，由於工廠大量增加，家庭廢水的大量湧入，基隆河所受的荼毒也越來越嚴重，作者彷彿聽到基隆河無言的嗚咽聲，於是作者也在此處忍不住插入議論，痛斥都是人們的污染、垃圾害死了基隆河！甚至以魔窟鬼域來形容這段區域的基隆河，更把內湖垃圾掩埋場的垃圾車形容為蛆蟲，不惜以腐屍、惡臭等令人觸目驚心的詞彙，來形容眼前基隆河所受的毒害。在基隆河的最後一段旅程，它將經過人口最密集的松山、中山、士林等地區，不用作者進一步描寫，我們已可以預知此時的基隆河當已如那被鑿了七個孔竅的混沌，已行將就木，只能寂靜的流到關渡，再寂靜地注入淡水河，然後寂靜地入海。但作者此處的「寧靜」不是對安祥氣氛的讚美，而是對基隆河被極度污染之後的最深沉諷刺。

不過作者最後仍然不放棄希望，並以萊因河也曾經死過而如今已又復活美麗如昔為例，而期望我們的基隆河也能再次恢復活潑暢旺的生機。並在文末以首尾呼應法，聯想起本文在起源頭所提起的那尊微笑的觀音，並希望她回答作者的不會只是一聲長長的嘆息，來為本文作結。此篇文章中表達了一位作者，也是一位學者對環境，對社會的最深層的關懷，且給讀者不少的提醒，它可說是一篇不可多得的好文章。

（李威侃）

延伸閱讀

一、郭鶴鳴：〈基隆河之死〉，《講義》，第 24 期，1989 年 3 月。

二、郭鶴鳴：〈當今知識份子對社會的關懷——讀周陽山主編《知識份子與中國》有感〉，《國文天地》，第 46 期，1989 年 3 月。

三、田啟文：《臺灣環保散文研究》，臺北：文津出版社，2004 年 8 月。

四、心岱（李碧慧）：《回首大地》，臺北：躍昇文化，1989 年。

五、韓韓（駱元元）、馬以工：《我們只有一個地球》，臺北：九歌出版社，2000 年。

六、王家祥：《四季的聲音》，臺中：晨星出版社，2002 年。

林文義

作者簡介

林文義（1953 - ），台北市人。曾任《書評書目》、《文學家》雜誌社總編輯，《自立晚報》副刊組主編，是綠色和平電台節目主持人。十八歲開始文學創作，早期頗耽溺於浪漫悲情的美感，近期則轉而關懷台灣本土的歷史文化、現實社會，展現深廣的寫作幅度，甚具批判性。曾獲中國時報文學獎散文類優等獎。著有散文集《千手觀音》、《寂靜的航道》、《銀色鐵蒺藜》、《多雨的海岸》及新詩、小說集多種。

雨過華西街

不經意的走過那條小街，向晚的冷雨落得令人焦躁極了，一些人縮到兩旁的簷棚下避雨，十分憂慮的模樣呢。

夜市才剛剛開始吧？海鮮店那個挺著一隻肥胖肚子的老闆，正一面嚙咬著檳榔，一面用著極其熟練的手勢，將碎冰塊鋪在鋁製的容器上，而後逐次將魚蝦螺貝整齊的排列了上去，在燈光下，散發著一種誘人口慾的氛圍。

賣綜合果汁的女人，正皺著雙眉，招喚著搖首走過的顧客——真衰！這款落雨天……。她側過頭去，向著左旁那個賣四神湯、刈包的老頭埋怨著，冀求對方些許的勸慰吧？老頭的攤位上，強烈對比的，一大群狼吞虎嚥的男人又是刈包、又是四神湯，搞得老頭忙得團團轉，卻又一臉笑瞇瞇的——有啥關係，留著自己喝，呷水果，好美容啦！座裏的男人忽然插入這麼一句，一大群人笑得那般捉狹[1]。女人一臉臊紅，似乎又勉為其難的嚥下喉去，那般吞忍的猛地回過身來，那臉正面對著我，眼裏竟是一汪淚光。

1 捉狹　疑作「促狹」，缺德、愛捉弄人。

一個雙手捧著已經有些兒凋萎的玉蘭花的老婦人，也不撐傘，任憑冷雨落在她那微彎、衰老的軀體上，她一路走過去，也不推銷她竹籃裏的玉蘭花，嘴裏唸唸有詞的向前緩緩的走著，一部摩托車飛也似的衝了過去，濺了老婦人一身雨水……幹伊娘！沒大沒小的破少年！這次她罵了。

華西街的夜晚，為什麼總顯得那般之凋零、傷感呢？尤其是在這飄著冷雨的向晚，雨水實在令我為之煩鬱不已，我忽然變得充滿了恨意，有一種想搗毀什麼的獸性感覺，我想及我那過得十分不愉快的悲哀童年，曾經十分蓄意去摧毀一扇巨大的落地窗，用一枚手掌大的石塊……因為恨。我不知道那時我為什麼會那樣？那年，我才十一歲。

我循著華西街緩慢的向前走去，一大群人聚集在蛇店前面，看那體格魁梧的傢伙正用一塊黑布逗弄著一條十分猙獰的眼鏡蛇。在他身後，一架十吋的電視正播映著摔角大賽，日本的豬木正被一個印地安打扮的傢伙打得四腳朝天……眼鏡蛇猛然撲咬了過去，大家為之嘩然。我忽然有個相當可怕的想法——如果那條眼鏡蛇咬住我的左腕。

一個個狀極悠然的男人，在一條聚滿人影的巷子進進出出的，那巷裏透溢出一種充滿邪麗、魅惑的紅色光暈……有一年，我一位做雕塑的學長說：喂！我帶你去看看台北的靈魂市場吧！他帶我到這條巷子裏來。那時，我仍是少年的，我驚恐不安的低聲問他：你說的「靈魂市場」到底在那兒呢？我的學長指著那屋裏一個個衣著暴露、濃粧豔抹的女人說：她們就是出賣靈魂的女人，不但是靈魂，她們更出賣肉體，你就選她一個吧！我的學長十分輕鬆的說著。我卻充滿激憤、恥辱的奔逃出這條充滿黑暗的巷子。

已經很多年了吧？那位曾經帶我來看所謂「靈魂市場」的學長，不知此刻置身於何地？而我呢？我早已不再是昔日那個純真、羞赧的少年了……我不再相信所謂的誓言、永恆這些只有言情小說裏才看得到的字眼了；我變得冷酷而缺乏對愛情的能耐，我只想藉機好好的自我放逐。

我走進這條散發著紅色光暈的巷子，如同許多男人般的，毫無顧忌的以雙眼數計著一個又一個倚著門，販賣她們廉價笑意的女人。（笑意是免費的，她們販賣肉體。）她們揮舞著裸露而白皙的臂膀，大聲的叫喚著男人們的特徵，那大約是從男人的衣著或體型的高低而論定特徵的吧？

那些女人微笑著，笑得很假，更仔細的端詳，她們笑得十分的苦澀。她們為什麼要這樣？像一塊塊被肢解的肉體，陳列在這兒，任人挑選，任人糟蹋，任人凌遲……唉，她們只是一群男人的洩慾機器罷了……

想起這段往事，縱然，我再冷酷，再麻木，想及這些賣身賣笑的悲苦女人，我是十分辛酸而不忍的啊！我在微雨裏走著，忽然覺得自己這樣又算得了什麼？我臉顏間的肌肉竟無以克制的抽搐[2]了起來。我想儘快走出這條巷子，許多女人輕漫的叫喚，竟彷彿是許多悲情的哭聲呢。

我走出了巷子，一陣急驟的冷雨迎面猛然撲至，我趕緊避身在巷口右側的大樓底層幽暗的走廊，幾個徐娘半老[3]的女人正各自拖住幾位年紀已經不少的中年男人，低聲的議價——幹伊娘！妳們這些三水街的查某……一個男人不知如何被觸怒了起來破口大罵著。三水街的查某又怎麼樣？三水街的查某也是人啊！一個女人尖聲不屈的回罵著。

雨仍然落個不停，華西街的夜晚，確是十分寂寥哪。

作品導讀

在大多數人的早期記憶之中，華西街，一是尋芳客密集地，一是當地特色小吃——蛇店、鱉店聚集所在。本文以向晚冷雨中的華西街道為背景，藉雨景的蕭條與寂寥之感為全篇基調，敘述個人見聞及感懷。

首先採用隨筆方式一一說明夜市攤販的活動，海鮮店老闆為夜市的開張揭開序幕，接著從賣綜合果汁的女人、

2　抽搐（ㄔㄨˋ）　肌肉牽動痙攣，多見於四肢和顏面。

3　徐娘半老　語本《南史・卷十二・后妃傳下・梁元帝徐妃傳》：「帝左右暨季江有姿容，與淫通。季江每嘆曰：『柏直狗雖老猶獵，蕭溧陽馬雖老猶駿，徐娘雖老，猶尚多情。』」後以徐娘半老比喻年長而頗具姿色風韻的婦女，含有輕薄的意思。

賣四神湯的老頭互動過程中，男人、女人看似意外捲入話題，實則掀起一場性別角力，女性明顯地敗下陣來，原本無奇的對話出現在華西街道上，格外敏感而尖銳。而賣玉蘭花的老婦人，遭飛車經過激起的雨水濺濕，不知多少次了，這次終於忍不住窘迫與憤怒，破口大罵，這一景象反映老婦為了生計所承受的苦悶，文中穿插數句道地寫實的閩南語對白，使畫面更為生動，如「真衰！這款落雨天……」、「幹伊娘！沒大沒小的破少年！」細心描摹街道上人們討生活的不易與辛酸。

第五段開始，筆鋒一轉，敘寫作者心中抹滅不去的愁緒。首先記述十一歲時沒來由的暴躁易怒，以蛇店宰蛇秀暗示男性粗暴爭鬥的一面之後，藉學長口中所謂「靈魂市場」帶出作者激憤之因，並描繪男性視娼妓商品的態度。儘管在多年後再度步入華西街，卻終究在娼妓的微笑當中，看出她們眼中的苦澀。於是作者「忽然覺得自己這樣又算得了什麼？」冷酷的心已被笑中的淚水逐漸消解。最後以中年男子與娼妓議價後的衝突，藉一句「三水街的查某又怎麼樣？三水街的查某也是人啊！」說明縱然娼妓身分遭到輕蔑鄙視，卻也是有高貴的自尊。末段以雨景結尾，情韻綿邈。

總體而言，全文如第三段賣水果的女人，以及第四段賣玉蘭花的老婦人，甚至後段的娼妓，所描述的女性皆屬遭遇不幸的形象，而男性則多半為輕薄粗野的形象，如「海鮮店那個挺著一隻肥胖肚子的老闆，正一面嚙咬著檳榔」、「一大群狼吞虎嚥的男人」，可見本文對於女性在社會中被壓抑的現象，有話要說，而對話不避俚俗，前有老婦人大罵「幹伊娘！沒大沒小的破少年」，後則有嫖客大罵「幹伊娘！妳們這些三水街的查某」，前後照應，使兩性角色衝突更為傳神。作者以冷靜理性的筆觸，透過對幾位小販與娼妓生活的觀察，使夜雨下的華西街，躍然紙上，反映寫實深刻的社會底層風貌。

（王秋文）

遙看龜山島

無論是順著北迴鐵路，還是走北濱公路，龜山島總是像一個十分依戀的情人，從浩瀚的太平洋浪濤之間，沉默而堅實的面對所有的旅人們；龜山島，它曾是我在童年時代的一個遙遠而美麗的夢，並且它永遠不會從夢裡消失。

童年時代，年老的祖父在金瓜石開礦，沒有挖到預期中的礦脈，回到家裡來，沉鬱的喝酒，喝那種一瓶三塊五角錢的太白酒；然後把我抱在膝頭上，剝下酒的落花生給我吃，一邊笑呵呵的跟我說故事。那故事已經二、三十年了，依稀在我印象中斷續的留存，像首童謠般的——

憨孫仔，阿公我跟你講，若我們從台北搭火車，戚擦、戚擦，台北過去就是錫口，錫口有路到內湖，內湖就是你阿嬤家。錫口再走就是南港，南港再過去是汐止、五堵、七堵跟八堵；八堵有兩個山洞，左手邊通雞籠，右手邊哪去宜蘭啦！火車鑽山洞，戚擦就是暖暖四腳亭，瑞芳爬高高的樓梯就到九份仔、金瓜石，阿公就在那裡挖礦坑，挖不到礦，唉，就返回來吃自己啦！

祖父每次講到這裡，就唉的一聲長長的歎息，隨後自己倒一盃太白酒，咕嚕咕嚕的灌下去，再丟兩三顆花生米。這個當時不知他內心的隱情，而以為是祖父蓄意製造的戲劇效果的我，經常咯咯的笑個不停，祖父再說下去——

金瓜石啊金瓜石，日本時代都被日本會社挖得空空空，只有留下黑煤炭給咱們台灣人。金瓜石、九份仔火車山洞一大堆，三貂嶺、貢寮村，哦就是廣闊的太平洋；太平洋，你要注意看，有一隻大龜住在海中央，那裡叫做龜山島。龜山島有神明，神明庇佑做田人，四季種作，豐收大賺錢；也庇佑討海人，掟大魚，返來蓋大厝……。

以後，龜山島就成為我心中一個神秘而遙遠的意象。

一直到十六歲那年，和兩個小學的同窗一起去頭城海岸參加夏令營；抵達頭城時，夕陽在遠海沉落，多色的霞照燒紅了大片的海面與天空。火車從貢寮走過以後，我就一直靠著敞開的車窗看向晚的太平洋，同窗指著大海，興奮異常的大聲叫著——看啊！龜山島！果然是龜山島。我心中浪潮般的高漲了起來。一座在向晚裡，顯得蒼暗的島嶼，夢幻般的在我少年的眼裡浮現，祖父的故事活生生的印證了，果真有龜山島，而祖父卻已經離去好多年了。

那夜，海風十分強勁，七月的東北海岸竟有幾分涼意，我獨自走在頭城海岸，在夜暗的沙灘上，我什麼都無法看得真切，耳邊是喧嘩的潮聲，讓我知悉海的方向，而我知道，海的正對面離海岸五海浬處，龜山島靜靜的躺在那邊。我心中竟然有些驚怕了起來，在夜裡，那座島是否會變得猙獰[1]而可怖呢？如果它是有呼吸生命的遠古生物？在夜裡，它會復活，並且悄然向岸邊泅[2]近……

離開少年十六歲很久之後，對於龜山島卻是充滿一種親切的眷戀呢！酷愛單獨旅行的我，常常到東部海岸去，以前，喜歡搭乘花蓮輪，從多雨的基隆出海，兩個小時後，它會從龜山島外側通過，從來沒有像走海路這般接近這座島嶼的，我常常充滿眷戀的心情，站在甲板上，望著離開船身不到兩百公尺的龜山島出神。那真是一座險峻而荒蕪的離島，土苔色的地質，還冒出一些熱氣，有時候可以看到幾個人影，不知道是島上的駐軍還是避風的沿海漁民？從島的後端直望過去，隔著幽藍深邃的廣瀚海水，台灣本島蘭陽平原豐饒的在望，更遠的是高聳入雲的中央山脈。我不知道，四百年前，葡萄牙人所搭乘的三桅船，是否也是在我所搭乘的花蓮輪的航路上看到台灣粗獷而美麗的海岸，而喜不自勝的大喊——哦！福爾摩沙！

花蓮輪觸礁以後，我去花蓮只能走陸路，無論是順著北迴鐵路，還是走北濱公路，只能遙看壯麗的雄峻於海天一隅[3]的龜山島；但縱然有一分缺憾，卻也深感到一種無以言喻的滿足了。雖然宜蘭不是我的故鄉，但每逢搭車沿著東北海岸前進時，龜山島在車窗的前方顯現時，我內心

1 猙獰（ㄓㄥ ㄋㄧㄥˊ） 面貌凶惡的樣子。
2 泅（ㄑㄧㄡˊ） 浮游於水上，即游泳。
3 隅（ㄩˊ） 角落。

常難以按捺[4]的叫喚著——你又來到宜蘭了！

有人傳說，龜山島是會移動的。這固然是無稽之談，但卻也說明了這座島峰的造形之美。如果搭乘北迴鐵路，在北關遙看著龜山島是一個模樣，在頭城又是一個模樣，它幾乎是用一把挫刀[5]直劈切下來的，那種線條之美是樸拙而粗獷的，猶如宜蘭人的特性。曾經和幾位從宜蘭來的前輩作家談起龜山島，像黃春明、像林煥彰、像吳敏顯，他們都會豪興大發的說——龜山島是他們宜蘭的驕傲呢！

有一次，伴隨小舅到宜蘭的鄉下，小舅媽的娘家去報酒（小舅媽頭胎一舉得男），小舅親自開車，從台北冒著大雨走北宜公路，車過坪林鄉之後，雨終於停了下來，小舅說——走完坪林鄉就是台北與宜蘭的交界了，在那裡，可以俯望整個蘭陽平原，還有太平洋上的龜山島。這句話令我充滿了嚮往。果然不久，我和小舅站在台北與宜蘭交會點的界碑邊，俯瞰豐饒而壯美的蘭陽平原，而海上多雲霧，龜山島在雲霧中那般縹緲，彷彿要溯浪而去。而不久，小舅竟因馳車而慘死於輪下，留下孤兒寡婦，令我傷痛不已；往往路過北宜公路，從宜蘭上來，九彎十八拐險路之後，在台北與宜蘭交界處休息，俯望蘭陽與龜山島之時，總會令我深切的念及英年早逝的小舅。

還有一次是搭乘小飛機到蘭嶼去旅行，小飛機是從台北起飛的，有二十幾個旅客，大都是喜愛磯釣的朋友，他

4　按捺（ㄋㄚˋ）　抑止、忍耐。
5　挫刀　削磨金屬、木料等的手工器具。

們準備到蘭嶼的釣場去大展身手；而我只是單獨去蘭嶼旅行，我不諳釣技，我只是帶著簡單的行囊，裡面裝著相機，還有筆記、書籍。小飛機順著東北海岸低空航行，不久，龜山島赫然在望，蒼綠的島嶼四周有白色的小浪翻著礁岩，十分的壯麗迷人，襯以幽藍如黛的海面，真是絕美。釣友們紛紛望著機窗下的龜山島嘖嘖稱奇[6]，話題也圍繞在釣魚上面——如果這座島嶼能夠開放成為釣場的話，一定很有收穫。幾個人極有共識的說著。又有人插嘴的說——聽說有海外華僑向政府建議，把龜山島開放為像拉斯維加斯一樣的地方，可以賺取外匯……眾說紛紜。

而坐在我後座的幾個日本觀光客，則拿出他們裝著長鏡頭的相機，對著機翼下的龜山島猛按快門。而一個胸袋上別著觀光局導遊的中年男子急忙用著流利的日文告訴他們一些話，似乎是勸阻他們不能拍航空照片。那些日本人一副十分掃興的樣子，將相機垂了下去，並且埋怨著。坐在我鄰座的一個五十多歲的先生對著我說——那麼美麗的島嶼不能拍照？人家早就用人造衛星把台灣島都不知道照過幾百次了……我望著機翼下那座躺臥在幽藍深邃的太平洋海流所深深擁抱的龜山島，我感到一份莫名的感動，那種幾乎落淚的顫慄[7]。

無論是成為釣魚同好們的釣場，抑或是成為豪華奢靡的海上賭城，龜山島一定都不願意，不願意讓喧嘩的人們

6　嘖嘖（ㄗㄜˊ）稱奇　對事物的奇妙讚嘆不已。
7　顫慄（ㄓㄢˋ　ㄌㄧˋ）　身體因恐懼、寒冷或激動而抖動。

去打破它千萬年來的寧謐，更不願意讓人們去污染，破壞它純淨的土地及海域。就讓龜山島靜靜的，與世無爭的躺在太平洋母懷般的懷抱，不是很好嗎？小飛機將島嶼拋在遠遠的機尾，我回過頭，只能看到島上的一部分，但我還是頻頻回首，我真的是對它充滿著無語的眷戀。

我常常在路過東北海岸時，停下車來，遙望著遠方的龜山島，我一直告訴朋友，它像是千年之前，老台灣原始的縮影。千年前，我們的老台灣應該就是這樣的，靜靜的躺臥在藍藍的太平洋上，一座美麗而壯闊的島嶼。而千年以後，我們這些不肖的子孫，極盡所能的污染它、破壞它……至少，宜蘭人是幸福，離蘭陽平原海岸以東五海浬，一座潔靜的龜山島讓你們仰望；也讓離鄉好久的宜蘭人深深的在夢中惦念不已。

——原載 1984 年 10 月 8 日，〈自立副刊〉

作品導讀

龜山島又稱作龜山嶼，因外形肖似烏龜而命名，屬「蘭陽八景」〈龜山朝日〉之首。本篇首段即點出龜山島的位置，行經「北迴鐵路」、「北濱公路」兩條道路時，將會看見龜山島，而以下便以情感為主軸，透過作者敘述童年時代美麗的夢開啟下文。

以童年之夢為開端，且以宜蘭人鄉愁之夢作為結束，首尾照應，隨筆揮灑之餘仍見整飭之處。全文乃在描繪出「遙」看龜山島的各種經歷。首先是追憶祖父形象，寫遙看之因，其次寫遙看的過程，從童年印象轉入自己對龜山島的「眷戀」，最後提出理性呼籲，批判人們庸俗的態度，而思鄉懷舊的情感更是作者欲藉以傳達的。作者以平實自然的語言勾勒祖父把酒憶舊的形象，「憨孫仔，阿公我跟你講」即是以親切的口吻，述說祖父搭火車前往金瓜石挖礦的過程，運用頂真技巧，使讀者不經意感受到火車一站又一站的過去，並傳達昔日採礦生活的辛酸，是以在童年印象中，龜山島成為一個神秘而遙遠的意象。

之後，則敘說十六歲時，在夕陽西下時分，首度眺望當年祖父口中的海島，然而在夜裡獨步海岸，驚懼之情卻油然而生。直到脫離童年與少年時期，作者因搭花蓮輪而得以更親近龜山島，且可以遠眺角度望向台灣本島，宛如葡萄牙人喊出「福爾摩沙」的情境，甚至想像自己是宜蘭人，並以龜山島的粗獷造型比喻宜蘭人的特質。自此，龜山島不再只是神秘可怖的島嶼。其間追述曾與英年早逝的小舅站在台北與宜蘭交會點的界碑邊，俯瞰蘭陽平原，眺望龜山島，於是龜山島又成為作者懷念小舅的聯繫。

最後則以搭乘小飛機的經歷，抒發一己之感，敘述乘客眼中的龜山島。面對此島，有的人以實用性為目的，期待他日此地能開放成為釣場或賭城，或者像日本人一樣只顧拍下美好的相片留念，作者則認為不該有過多的人為破壞，因為龜山島就像是千年前老台灣原始的縮影，是宜蘭人們心中熱愛鄉土的對象。通篇寫作手法有別於作者早期美文式的創作風格，而是藉遊記書寫以關懷本土，思索地方文化。

（王秋文）

延伸閱讀

一、吳寬裕：《林文義散文研究》，台北市立教育大學中語系碩士論文，2008 年 6 月。

二、王韶君：〈蕭索島國．華麗文學——論林文義散文中的台灣圖像〉，《淡水牛津台灣文學研究集刊》第 6 期，2004 年 8 月，頁 105-128。

三、吳敏顯編：《在這裡．在那裡——大家來寫龜山島》，宜蘭縣政府文化局出版，2007 年 12 月。

四、曾怡玲：〈從《幸福在他方》談林文義的散文追尋〉，《國文天地》第 278 期，2008 年 7 月，頁 72-75。

五、孫梓評：〈抒情革命家——訪問林文義〉，《文訊》第 209 期，2001 年 11 月，頁 91-94。

張春榮

作者簡介

張春榮（1954 - ），台南縣人，國立臺灣師範大學國文研究所博士。曾任教警察大學、中正理工學院、清華大學、淡江大學、國立臺灣師範大學，現任臺北教育大學語文與創作系、語創所、臺文所教授。著有極短篇《狂鞋》，論述《極短篇的理論與創作》，並與顏藹珠合編《名家極短篇悅讀與引導》、《英美名家小小說精選》。曾獲全國學生文學獎、《中外文學》散文獎、《中華日報》文學獎、省新聞處甄選散文獎、《臺灣新聞報》散文獎、第二十六屆中國語文獎章、《中央日報》文學獎、臺北教育大學優良教學獎、臺北教育大學教師教材與教學著作獎。

畫樹

一

小學時，老師要我們畫樹。

拿起蠟筆，我立即在圖畫紙上畫了一棵樹，肥肥胖胖的。樹上，頂著一大片一大片綠葉，像雲。綠葉間，掛滿纍纍紅圓的大蘋果。樹的左側，再畫上一個小男生，長得和樹一樣高。

下午放學，我連跑帶跳衝回家，拿給媽看。

媽瞧了一眼，取出毛巾拭去我額上汗珠。

「傻孩子，怎麼把小男生畫得和樹一般大？」

「這樣，一伸手就可以摘到蘋果呀！」我理直氣壯。

「你呀，真會想！」

媽媽滿臉帶笑，不慌不忙從菜籃拿出個五爪蘋果：「拿去！」

我高興地跳了起來。「咔」一聲，便往嘴裏送。

「吃慢點，沒人會跟你搶。」媽笑睨。

而後每當我想吃水果，只要向媽手一伸；又圓又大的蘋果、梨子、芒果等，便好端端落在我肥胖的小手。我想，媽是一棵取之不盡的果樹，一棵不分春夏秋冬永遠長滿果實的大樹。樹上綠葉是媽溫柔的手，輕輕地拂著我的面頰。

二

高中美術上課，主題不拘，大家自由發揮。

掀開調色盤，我手握彩筆，沾上顏料，便「刷——刷——」畫下筆直粗大的巨樹。樹幹高聳入雲，彷彿大地千突傲立的鐵塔。接著，自黑褐樹幹勾出硬瘦的枝椏，如劍戟般刺向湛湛青空。最後，畫上一個渺小的人，佇立樹下，仰望參天巨樹。

回家後，我沾沾自喜地將水彩畫貼在三夾板的牆壁。

媽進來，手拿藍色襯衫：「穿穿看，看會不會太大件？」

我站了起來，挺直腰桿，將襯衫穿上，扣好。

「可以。剛好！」我深呼吸。

媽的眼波掠過一抹欣喜的光輝。

「你現在越長越高了。……」媽意味深長地望著我。

俯首，我驚見媽現在比我矮多了。媽原是一棵低矮的果樹，枝葉低垂，守著這塊祖厝，守著我的成長，沒有見過更高更遠的天空。尤其自爸離去後，媽常對著牆角的菩提樹，對著夜空一輪冷冷清清的白月，低頭不語，偶爾唇間飄出嘆息，彷彿靜夜裏樹上葉子的翻響。

「你書要好好讀，我們家全看你了。」

「我知。」我點頭，心中一陣沸騰。

三

生物課，老師要我們做「光合作用」的實驗，察看葉綠素在陽光下的變化。

那天，陽光很大，我立即將一張中間剪了洞的紙片夾在菩提樹葉上。

放學回家，竟然發現紙片不見了，我氣急敗壞跳了起來。媽正在水龍頭下洗衣服。

「媽，你有沒有看到我夾在葉上的紙片？」

媽將手中的襯衫擰乾[1]。

「沒喔！」

「糟了，怎麼會不見？」我焦慮地望著菩提樹。

「會不會被風吹走？」

「我有用別針夾緊，不可能！」我越想越惱。

媽關上水龍頭，仰臉。

「你弄這個，要作什麼？」

「這你不懂啦——」我隨口丟出一句。

「再作一個？……」

「來不及了，後天就要交！」我大聲嚷起。

媽眉心一皺，默默地望了我一眼，受傷的眼神正無言

1　擰（ㄋㄧㄥˊ）乾　扭乾之意。

說道：「你怎麼可以對媽這麼兇？」

我停止嚷叫，一絲不安浮上時頭。耳邊響起媽平靜的聲音：「遲交總比沒交好些。——」

晚上，佇立窗口，凝視皎潔明月，對著吳剛伐桂的傳說，我不禁跌入沉思。

酉陽雜俎云：「月桂高五百丈，下有一人常斫之，樹創隨合。」念及「樹創隨合」，內心止不住湧起陣陣羞慚。

媽不只是矮低的果樹而已，她更是一株無言的月桂，撐起一把似小實大的綠傘，替我遮去人間的風風雨雨。而自己態度傲慢，言語莽撞，豈不像吳剛手中不停砍伐的巨斧，深深砍傷媽的身心？然而，媽只是無言，沉默地挺立在無邊清寂的深夜，讓傷口一次又一次的合上，留下無數的疤痕。

植根於現實土壤，媽是一株堅韌[2]的月桂，似矮實高；不凋於歲寒，常青於天地，讓我引頸仰望。

仰望正散出柔和光芒的月亮，我想，再四個月就要大專聯考，我非好好衝刺不行！

四

大學時，一日，待在宿舍，窗外正下著傾盆大雨。

2　堅韌（ㄖㄣˋ）　堅固且有韌性。

端坐桌前，收起媽寄來的現金袋，心情一下子又騷然浮動。定睛直視桌上攤開的「逍遙遊」：

吾有大樹，人謂之樗[3]。其大本臃腫而不中繩墨，其小枝卷曲而不中規矩；立之塗，匠者不顧。

我決定畫棵老樹。

硯台上倒滿墨汁，磨了幾下；手批宣紙，便勾勒皴染[4]，揮毫起來。於是，一棵滿布瘤結的黑黝老樹，自奇石怪岩間倔強站起。審視紙上臃腫的老樹，媽的身影又鮮明的出現眼前。

咳。從去年暑假，媽子宮頸癌開刀後，身體便逐漸臃腫起來，臉色有如枯葉，體力也差多了。媽現在一個人在家，自己北上唸書，又沒法常回去，實在使人懷念。前天上課，讀至陳師道「絕句」：

秋床歸臥不緣愁，病與衰謀作老仇。

數樹直青能爾瘦，一軒殘照為誰留？

瞳仁裏浮出孤伶老樹獨對西風落日的蕭瑟情景。而這，不正是媽目前的寫照？

寒假回家，媽正在廚房砍劈從國小撿的廢棄桌椅，燒洗澡水。

「媽，不用這麼辛苦，裝個熱水器，洗澡比較方便！」我提議。

「用木柴燒也可以。」媽將木塊添入竈竈口。

3　樗（ㄕㄨ）　是一種落葉喬木。

4　勾勒皴（ㄘㄨㄣ）染　國畫畫法之一，用細筆堆疊描畫之意。

「我是想，冬天天氣比較冷，每次都我先洗，你再重新燒一鍋，時間要拖好久！」

「沒關係啦。」

「不行！」我加重語氣。

媽想了片刻，火焰的光影在媽面龐閃耀。

「那，過幾天叫人來裝好了。」

噓。直到現在，我才發現媽只會照顧我，不太會照顧自己，凡是自己要用的，都比較隨便。

而今媽已成臃腫的老樹，一人在家，自己要多加珍重，好好照顧自己。等我畢業，媽就可以過得更舒適。希望媽有一個燦爛的晚晴，而不要有一軒殘照的愁苦，為自己，也為我，留下溫馨的回憶。於是，我立即取出信紙，寫道：

「媽，你寄來的錢收到了。我郵局存摺還有錢，下次不要寄這麼多。你一個人在家，千萬不要太省，不要因為我不在家就隨便吃一吃。身體要注意。我期中考考完，就可以回去幾天……」

窗外，一排身陷低窪[5]地區的榆樹，正浸在越聚越高的雨裏，越看越矮。

5 低窪（ㄨㄚ） 低陷的地方。

五

大家管這種樹叫「水樹」：樹身一半浸在水底，一半露出水面。露出水面的樹幹外表看起來好好的，可是浸在水底的樹心已逐漸腐蝕，爛掉。

再度陪媽到中興醫院。一路上注視媽兩腿浮腫，走起路來很辛苦，大片陰影立刻爬上我心頭。

「腳裡面，積水很嚴重。」

林大夫用手一按，媽被按的部位立即凹陷下去。

「你四年前，子宮頸癌開過刀。嗯，要再徹底檢查。」林大夫仔細翻閱病歷卡。

第二天起，媽做了一系列檢查。照X光，驗血，抽驗脖子腫塊內的細胞，尿道攝影，超音波掃描，電腦斷層掃描。

等檢查結果出來，林大夫把我叫到病房外：「你媽媽的情況很糟，你要有心理準備。」「X光片照出來，兩個腎看來模糊不清。」「血液混濁，有毒素，十點多。」「尿道一邊阻塞，一邊稍微可以通。」「脖子腫塊，確定是癌細胞再度復發，擴散到淋巴腺。」林大夫的話是一支尖銳利箭，狠狠射入我胸膛，我嚇得目瞪口呆，半天說不出話來。

「現在，只有靠洗腎，把血液中的毒素慢慢洗乾淨，把腹腔內的積水抽去，看看腎功能會不會稍微恢復？」

林大夫的嗓音繼續在我耳際低沉響起。

重回病房，直視媽青白削瘦的面頰，脹大圓鼓的腹部；我悲惻地想起水樹．在死亡邊緣垂死掙扎。

然而經過兩星期治療，媽的病情非但沒改善，反而越來越嚴重。

媽叫我不要離開，坐在她床側。

「我的銀行簿，放在家裡，梳妝台右邊那個抽屜。印章在我這裡。你要去領，十多萬。我存的。」

「土地所有權狀，鎖在衣櫃最上層，你知道唔？」

「阿池！我有三個戒指，都藏在衣櫃藍色的包袱內，二只金的，一只銀的，留給你娶太太用。」

媽媽已準備交代後事，我目眶紅濕。

植樹節的早上，天空一片陰霾，媽倒下去了。

在三峽媽祖田焚化場，媽化成骨灰。手捧大理石甕，我立即南下，奔往鎮郊福顯寺。兩百多公里的路程上，我將骨甕放在膝上，手持炷香。在渺渺的白煙裡，感受媽在我生命中的分量。

做完五旬法事，我踏上靈柩塔，將媽的骨灰安置在第七層。走出拱門，站在迴廊，面向四野青青竹林咿呀搖曳，迎接高處不勝寒的天風。我靜靜回想媽的一生。

目光一轉，俯瞰南方清綠的溪流，驀地，溪中一株斷臂殘枝的枯樹映入眉睫。

「水樹！」我激動地指認。

在逐漸模糊的視線裡，我掏出口袋內的小本子及鉛筆，面朝水樹，哀切地畫起媽悲淒的臉。

——七十五年五月二十日中央日報副刊

第六屆全國學生文學獎大專散文第一名

作品導讀

這篇文章的內容是作者記述母親患病往生的真實經過，在文中夾敘了小時候母親無微不至的照顧，這些點滴的回憶從開始到文末可說編織成了一面溫馨親情的網，它是那樣堅韌地護衛著幼稚的童年，始終如此的無私，閱讀著「畫樹」，的確深深的讓人感受到母愛的柔和光輝！

一般來說，寫母愛或家庭親情並不容易，往往會在構思行文時流於平鋪直敘的情形，但是「畫樹」在設意與構築方面頗能突破窠臼，以象徵的表達手法，母親是一棵取之不盡的果樹，一棵不分春夏秋冬，永遠長滿果實的大樹，而樹上的綠葉就是母親溫柔的手！

「畫樹」分為五個小節，每一節都有著昔日母親在家中的身影，當然其中也穿插了作者個人的片斷記憶及故事，從小學、高中，一直到北上唸大學，文章的文脈發展，可說都以一棵巨樹作為全文的比喻襯托，不論意象描繪、鋪敘，或母親聲情的傳達都如此的生動，栩栩如生！

作者思路敏捷，章法構思，象徵譬喻極為新穎突出，更重要的是文中流露出了對母親懷思感念之情，其中所敘雖屬平日生活瑣事，然點滴中卻隱含了母親的關心與照拂，在在都呈現出母親偉大的地方！

我們知道一篇成功的作品，它除了作者誠摯的情感，還有就是個人才思的捷敏，其次就是文采的生動靈妙，修辭的練達與圓熟了。

（余崇生）

武安宮春秋

1. 廟貌今昔

朗日晴空裡，重建落成後的武安宮金碧輝煌，氣象萬千。飛簷上火紅鳳凰矯立振翅，碧綠金龍昂首舞爪；琉璃瓦間四方眾神或持戟或舞劍扶杖，光彩輝映，與鎮郊虎山遙遙對峙。

二樓大殿，殿前正中置一大金爐，兩旁鐘鼓樓對稱矗立。踩著光潔大理石地板，手撫白漆欄杆，游目廟前場景。右前方埤圳[1]敘坡藤草滿布，淡青水色潺潺流動其中；再下去是一片蔬菜園，四野芒果樹排立；而後一塊塊稻田青蔥新綠，構成整片綠海碧波；波湧中出現尖兵般站崗似的甘蔗，甘蔗田後蒼黛山巒迤邐[2]天際。正方前，猶記小時，空地上稻草高堆，附近均為土夾壁的農舍。放學後，便和玩伴至此騎馬打仗、烤蕃薯、彈玻璃珠、打圓紙牌、看酬神戲；如今全蓋起一排排二樓公寓，和武安宮同步走向現代化。

走近殿門，門口石刻龍柱前一對石獅坐鎮。跨過門

1 埤圳（ㄆㄧˊ ㄗㄨㄣˋ） 低窪的溝渠。
2 迤邐（ㄧˊ ㄌㄧˇ） 曲折綿延。

檻，牆上白磁皆著花草釉彩。片片石堵均繪民間流傳故事，如伯牙撫琴、桃園三結義、韓信胯下受辱、林和靖詠梅、陶潛與妻耕鋤等，默默呈現歷史教育。至於殿中四對圓柱及六對半圓柱均漆朱紅，柱上刻鏤聯對，字皆塗金箔，光鮮奪目。其中三聯「撰句」處刻有我的名字，想想，那是十二年前的事了。

六十六年大學畢業，至鄰鎮高中任教。每日上下班必經廟前，時武安宮正進行拆建。一日。國小老師洪德修前來：「廟裡欠聯對，右邊第一字要用『武』，左邊要用『安』。」答應之餘，我立即詳讀《武安宮沿革》資料，參照新舊唐書〈張巡傳〉，再一次認識安史之亂中張巡、許遠保國衛土的凜然節義。而後共撰三聯：「武定乾坤孤忠百戰英雄膽，安靈社廟浩氣千秋國士魂。」「武將金城力障江淮忠貞不二，安邦碧血堪稱郭李義魄無雙。」「武勇一世英烈抗節張巡也，安心萬民堅貞秉忠許遠哉。」以誌個人敬仰之情。事後，市場賣豬肉李老闆遇見我：「拜拜時，看到你寫的對句，我看懂。大聖（張巡）、二聖（許遠），忠肝義膽，才會做神。」頷首間，我深深體會廟宇和市井百姓密切關係，傳統精華不正以廟為橋樑深入民間？

至於正殿中央，「武安尊王」（張巡神像）端坐於以黑心石木材雕製之神桌上。頭帶金質盔冠，身披繡龍花紋嶄新衣袍，臉帶青藍羅剎似面具，造形猙獰；兩眼沉猛深黝，凝視正前方。光明燈旁，新雕「大聖」金身八尊，加上原有六尊，共十五尊，一併置放兩側，蔚為盛況，供鎮民膜拜。另外，殿側右房設註生娘娘，左房設福德正神，以為隨祀。原先籌建委員會並未打算刻聯對，而後改變主意，又派洪老師來，我再撰「註定香火四時拜，生傳子孫萬代香。」「福地人傑慈光照，德風民安瑞壽高。」二聯，共襄盛舉。於是歷經三載，武安宮煥然一新，高顯威靈，六十七年九月正式舉行祈安建醮大典。

2. 玄天面闕的迷思

小時，對張巡面相相當畏懼。堂堂神明，怎麼會寬額凹凸，兩道純黑掃帚眉上斂、蒜頭鼻、顴骨高隆、嘴形橫扁、露出一排緊閉白牙？我私下問祖父：「怎麼那麼醜？」祖父叱道：「莫黑白講，大聖爺是帶面具。」我「喔」了一聲，便沒再問。

及至高中，讀國文課本〈張中丞傳後敘〉，作者韓愈寫道：「巡，七尺餘，鬚髯若神。」我心生困惑，既然張巡是俊偉丈夫，鬚髯若神般瀟灑，為何廟中塑像要帶青藍羅剎面具以本來俊貌示人？我百思不得其解，後詢問洪老師，洪老師笑說：「我們鎮上大聖，和其他地方拜的造型不同。這裡面，有一段傳奇故事。」

「相傳古代，鎮上東面有虎山。虎山上有虎妖。常出沒為害生靈，鎮民不堪其苦。於是，一起至武安宮祈求大聖庇護。大聖張巡義憤填膺[3]，決定大顯神通，前往收妖。孰料虎妖非等閒之輩，雙方大戰數百回合，難分勝負。最後，大聖特向北極玄天大帝借法寶『玄天面闞』，戴著玄天面闞，神威大振，終於一戰致勝，擒服虎妖。」

「但是北極玄天大帝事前曾說明：『戴此面具得勝，一定要過大使埤吊橋才准笑。』沒想到降服虎妖後，大聖尚未過埤，即喜不自禁，哈哈哈大笑，結果誤犯禁規，從此面具黏在臉上，再也脫不掉。」

聽完洪老師述，我嘖嘖稱奇。事後回想整個故事的發展，對張巡大笑三聲，誤犯禁規一事，大為懷疑。就唐書〈張巡傳〉觀之，張巡堅守睢陽，抗拒叛黨，終至城破被俘，從容就義，可說忠肝義膽，堅忍不屈；絕不至於如故事中所言「喜不自禁」，得意忘形，忘了北極玄天上帝的吩咐。且張巡久歷人世，飽嘗憂患，深知廓然情懷。所撰名句：「不識風塵色，安知天地心」，尤見他個性沉穩，任重道遠，不可能因大勝虎妖沾沾自喜而誤犯禁規。

不過話又說回來，張巡屠虎這傳聞，本屬鎮上地方神話，民間口耳相傳的稗官野史，恐無法一一徵實求證。

民間六十九年，北上讀研究所。張巡屠虎整個情節一直在腦海浮現。嘗試運用佛洛依德心理學的觀點加以批評，則玄天上帝拿出的「玄天面闞」，最引人深思。就「本我」「自我」「超我」而論，玄天面闞那青藍羅剎似面

3 義憤填膺（一ㄥ） 胸中充滿了義憤不平。

具，正是張巡內心世界中不為人知陰暗的一面，影射張巡心底一股非理性、肅殺的巨力。或者，我們可以說「玄天面闕」是張巡的另一張臉。其次，我推想當張巡大笑三聲面具黏住臉後，必有一段心理掙扎。不可否認，昔為「鬚髯若神」，今成青藍羅剎面；對他是一大打擊。他想必自我責備：「咳。千不該萬不該得意忘形，被勝利沖昏了腦筋！……」另外，就人物心理之成長蛻變而言，自懊惱自責中，張巡將由痛苦沉思，而日趨冷靜；逐漸正視自己的缺失，坦然接受臉上恥辱的記號；將這次結局付諸一笑；「想當年率千百就盡之卒，力戰百萬叛軍，我氣吞萬里如虎，豈為這小小顏面傷神！」如此詮釋推衍下來，我驚喜發現這則地方神話的豐富內涵。

七十二年碩士班畢業，重執教鞭，任教於北部專科，每當講授韓愈〈張中丞傳後敘〉，我往往談起武安宮的神話。在學生聽得津津有味之餘，我常提出三個問題：「為什麼張巡會得意忘形？」「『玄天面闕』有什麼特殊涵義沒？」「北極玄天上帝為什麼規定過大使埤吊橋才准笑？」而後在學子熱烈討論發表意見後，我常面帶微笑，以這樣的話作結：

——全國就只有武安宮的張巡帶上面具！

——不信，以後有機會，請到新化鎮武安宮看一看。

3. 民間的精神堡壘

在祖母心中，武安宮是祈福消災聖地。大凡大聖爺千秋聖誕或中元普渡，祖母必鄭重參與。平常家中疑而不決者，祖母無不備牲禮，至廟內，面告大聖，祈求明示。

印象中，大概小學四年級，我得重感冒，媽帶我去診所拿藥，毫無起色。祖母道：「大聖爺很靈，我去廟裏求些香灰。」午後，祖母帶回香灰，整碗加開水攪勻，遞了過來。我喝了一口，直覺難喝，祖母摸摸我頭：「憨孫，不好喝，要忍耐啊！吃吃，就沒事。」我面有難色，勉強再吞嚥一口。而後祖母將剩餘香灰灑上屋簷：「神所賜的，不可倒地上。」當時，我仍繼續吃藥，等到完全痊癒，祖母一再強調：「大聖爺有保祐！」

五十九年高中聯考。考前，祖母主張：「一定要到廟裏燒金，拜拜！」我只好隨祖母前去。至廟正殿，祖母面朝大聖金身焚香膜拜，口中唸唸有詞，緊接著擲半月形筊杯。筊杯[4]落地，一正一反，祖母面露笑容。回家途中，祖母笑吻吻道：「大聖爺說，你第一志願一定上。」我半信半疑，心想：「考試，以實力為主。平常不用功，怎麼行？」等到考後放榜，順利考上南一中，祖母歡天喜地買隻大「紅片龜」，到廟還願。

4　筊（ㄐㄧㄠˇ）杯　拜神祭祖時所用的占卜器。

只是隨著社會轉型，鎮民前來武安宮上香，不再單以大聖為主；更希望能祭拜「福德正神」，以求五穀豐收；祭拜「註生娘娘」，以祈添丁賜子；因是民國六十五年，武安宮增其舊制，重新擴建，籌建委員會決定增設偏殿二神，以求眾神雲集，滿足信徒心理需求。

此外，儘管翻修後武安宮之富麗壯觀，大勝於前，但鎮民祭祀添香及捐獻風氣已今不如昔，因此現代企業的經營理念在廟的設計上充分展現。籌建委員會將廟蓋在第二層，而將第一層空出租用，以收取租金，用以維持廟內各項雜支。於是，鎮上里會每借此場地；堂姐結婚，就席設於此；部隊行軍前往關廟，亦駐紮於此；農民蓄藷玉米過多，常借此存放；選舉鎮民縣議員，均以此為投票地點；充分顯現武安宮於社會遽變中多元化的運用功能。

綜觀武安宮沿革，自清朝嘉慶、道光，迄今民國七十八年，即使社會已由農業轉向工商業；但這座以唐代忠烈張巡為主祠的武安宮，已成為武安里鎮民的活動中心，精神信仰的安定來源；默默於香火繚繞中閃耀忠義的光輝，照亮每一顆前來祭拜的心靈。

——原載民國七十八年九月十三日「臺灣新聞報副刊」

作品導讀

散文的寫作，在內容和素材方面相當的廣泛，舉凡生

活瑣事，或昔日回憶，或地理故實，或山水記遊等皆可入文。而張春榮這篇〈武安宮春秋〉，是記述家鄉武安宮（張巡、許遠）忠肝義膽的歷史故事。而這些歷史人物被民眾建廟膜拜，從清嘉慶、道光時候就已開始，相當久遠，也富鄉土信仰特色！

〈武安宮春秋〉全文分三大段落，首段敘廟貌之今昔，其中作者回憶了幼年，每當放學後常在寺廟周邊與玩伴遊戲情形，同時也描述了一段作者替武安宮撰作聯對的故事，內容主要在表達張巡、許遠兩位古人保國衛土的凜然節義。至於文章的第二段，作者回想到更深一層的推想——「玄天面關」的迷思。不論是高中國文課本中的〈張中丞傳後敘〉，或在唐書中所讀到〈張巡傳〉的記載故事等，這些都在作者心中烙下深淺不一的神話疑惑——武安宮的張巡帶上面具？

不解的疑惑，轉回到小時候的一些事實，祖母心中的武安宮是祈福消災的聖地，所以不論是小時候生病，或到了高中時的升學考試等都和武安宮祈福保佑離不開。其實民間信仰在一般民眾的心中是一種依靠的力量，當然也可說是平時心靈上的慰藉！作者詳述了幼年武安宮的記憶，並且還夾敘了張巡及許遠的忠義事蹟，不可否認的在這當中添加了神話傳說，這樣的口傳故事，當然加強了流傳和神秘面紗，然對武安宮的鎮民而言，它不是什麼？而是精神信仰的安定來源？一種無法詮釋清楚的力量！

（余崇生）

延伸閱讀

一、王昌煥：〈國中修辭教學的桂林山水——張春榮《國中國文修辭教學》一書賞評〉，《國文天地》，242 期，民國 94 年 7 月。

二、王基倫：〈金針度人，妙筆生花——評張春榮〈文學創作的途徑〉〉，《文訊》，217 期，民國 92 年 11 月。

三、鄭頤壽：〈文藝辭章學的新著——評介張春榮《作文新饗宴》〉，《國文天地》，221 期，民國 92 年 10 月。

四、黃錦珠：〈縱深幅廣與變化精微——讀張春榮《修辭新思維》〉，《國文天地》，198 期，民國 91 年 4 月。

五、林貴真：〈滿天星——讀張春榮的兩本書　[《一把文學的椅子》、《一扇文學的新窗》]〉，《明道文藝》，232 期　民國 84 年 7 月。

夏曼・藍波安

作者簡介

夏曼・藍波安（1957 - ），漢名施努來，蘭嶼人。淡江大學法文系畢業，曾任國小、國中老師。平時的創作包括小說和散文，小說作品多敘述達悟族的神話故事，散文則描繪個人身處蘭嶼及台灣兩社會的心境轉折。著有《八代灣神話》及《冷海情深》等文學作品。

冷海情深

孩子的母親如鷹眼般的雙眼怒視著我說：「又要去潛水射魚啦，家務事全由我一人承擔，公平嗎？」

孩子的祖母過了一、兩步的時間又接腔道：「不要天天去射魚，那是不吉利的，找個工作賺錢呀！」

八代灣的海是那樣的平靜，在冬季我們島上的南邊的海始終是如此的，完全沒有夏季颱風期間雄壯磅礴的氣勢，更沒有秋天萬里晴空宜人的景色，有的是荒涼落寞的感覺。然而，荒涼灰暗的情景，對我而言，內心卻有一些無法言喻的情感在裏頭。這些天已連續下了好多天的冬雨，潮濕的陸地、灰暗的天空把部落裏的族人封在屋內談天。我呆坐在有棚的涼臺，潛具放在身旁，魚槍槍頭朝海。家裏的兩個女人還在嘀咕什麼話似的，也許她們的心情就如灰色的天空一樣不開朗，而把我愉快的心攪亂了。望著汪洋，陣陣強風掠過局部的海平面，海面於是瞬間成深黑色，這兒一片黑色，那兒一片灰白，同時形成無數個小龍捲風，乍看真是美麗極了，但又讓人畏懼。欣賞著龍捲風，欣賞雨水滴落的美景，逐漸忘記了女人們話中帶咒的毒語。時間一分一秒的飛逝猶如海洋的潮水不曾停頓過，我的心開始溶解於對海底世界的幻想，幻想著海底裏的每一條魚。並思想著這三、四年來自己在海底潛水射魚的事情，有眼淚、有歡樂。心臟跳動的頻率和著失望與驕傲的感覺累積我的智慧與經驗。在海裏的時候，好多好多美好、驚險、令人振奮的影幕開始浮現在我的腦海紋路，並漸漸地驅除了家裏兩個女人無趣的嘮叨。

孩子們的母親真如淙淙的泉水不斷地在嘀咕，從窗口衝出來的聲音把我損得一文不值。看看腕錶已是午後的三點了，烏厚的雲層籠罩著整座島嶼，汪洋大海失去了夏季湛藍的誘人景色，現在呈現的顏色，只是讓人感到心冷寡歡的灰色，但對於我，這種陰森森的天氣正是我的最愛。

「一般高中、高職畢業的本地人都能在鄉公所混一口飯，做代理課員，為何你不能？」孩子的母親以刀鋒般的銳利語言臭罵著我，其雙眼彷彿能看穿我滿是魚影的腦紋。彼時，我枯坐在涼臺上聽而不思其言地望海。

「男人原本就是要負責全家人的生計，天天潛水射魚幹嘛。」女人家總是為著家裏菜油鹽米的缺乏煩惱著。我也承認現階段在這方面沒盡到責任，甭說孩子們的零用錢。為了避免爭吵，逃避她的辱罵，惟有撿起潛水用具遠離她的視線。然而難題並沒有立刻解除，因最愛自言自語的七十又八歲的母親就呆坐在我的機車旁。我並不討厭母親無休止的嘮叨，但最忌諱在出去射魚前聽到她說：「孩子，『惡靈』是無所不在的，下午了，就別去吧！」此百分之百會激怒我到極點的。為保持和平的心靈只好撕一張衛生紙塞進耳朵裏。而母親的「惡靈」信仰是她阻止我在傍晚時分潛水射魚慣用的伎倆。

三公里的車程，寒風細雨無情地宣洩，全身濕漉漉的。這讓原本被羞辱得一文不值的我迅速地堅強了起來。面對眼前的海，我即刻沸騰，展現達悟[1]男人在海中的韌性，畢竟多餘的體力是消耗在海裏的漁撈，山裏的墾荒的；而不是浪費在與女人的爭吵上。我如是安慰自己。

風和雨一直不停地落下，潛水處的岩礁半個釣魚的人影也沒有，灰色陰霾的天氣逼得達悟族的男人鎖在屋裏談天。距離潮間帶約莫廿公尺處的地方，有個天然洞穴，是潛水射魚的族人上岸休息的好地方。在洞裏休息片刻抽個菸，望著海洋一陣強風帶給海面一大片的灰暗，這景象帶來淒涼的落寞感。洞裏的青煙使我想到拓拔斯（布農族）的小說《最後的獵人》裏的男主角比雅日和妻子帕蘇拉的故事。帕蘇拉對比雅日說：

「……如果你聽我的話到平地做臨時綑工，買幾件毛衣就不需為冷天劈柴烤火取暖……。」但比雅日終究沒有去平地做綑工，反而上山去打獵；因為只有在深山才覺得有尊嚴，有智慧，真正展露布農男人的氣魄。雖然在回部落途中他的獵物被檢查哨的惡警擄走，僅留給他一隻狐狸孝敬帕蘇拉，但比雅日無膽怨嘆，只覺得惡質剝削在越為複雜的社會裏如鬼魂般地經常的，自然的落在弱勢、窮人的命運裏。於斯，我只冀望孩子的母親不要為了毛衣令我

1　達悟（Tawo）　指蘭嶼島上的民族，我們稱呼自己為 Tawo 人的意思。

到台灣做工即可了。

強風襲來，一陣又一陣地夾著寒雨，令我瑟瑟發抖。眼前一位老人自海裏鑽出來，口中不停地呢喃著，煞是為自己文化的潰敗在呢喃、抱怨。看著他縮著頸子，墊步快走，丁字褲是被燻黑，露裸的上身是被曬黑的，網袋內有兩隻章魚正朝我這兒走來。

「表姐夫你好，這樣冷的天氣你還游泳幹嘛？」

「沒辦法呀，孫子的父母親明天就要從台灣回來，沒有海鮮給他們吃，怎麼行呢！」遞上一根菸給他驅寒。雙唇是紫色的，表姐夫吸了一口菸說：

「天就快要黑了，你還要潛水射魚嗎？」

「是的。」我說。

「別在天黑後回家，深冬寒夜惡靈很多哦！」

「我知道。途中平安。」我回道。

我明白，並且從小就有的觀念，即是黑夜來臨便是孤魂野鬼的晨光，要不是有月光的照射，小孩便須早早地回家睡覺。而對潛水射魚的男人而言，也絕對不允許自己在黑夜回家，否則親戚們將全副武裝的沿路找你，這實在是很嚴重的事。

表姐夫為了孫子及孩子，只穿一條丁字褲就潛水找八爪魚。人雖然剛六十出頭，也算是上了年紀的人了，這算不算孝敬孫子、孩子的一種表現？從台灣來的孩子會真心感激他？會洗耳恭聽表姐夫捉章魚的故事？新生代被大時代的環境吸引，在都會裏生活是多麼的困難。幾十年未回到母親的島嶼，早已被逼忘記傳統的生產技藝了。單說潛水，就算只有三、四公尺深的近海處有十幾隻的章魚任他抓的話，恐怕就連一隻腳也捉不到的。

一根菸已經抽完了，灰色陰暗的天氣，乍想還真像是惡靈出沒頻繁的時段。想著耆老們經常說的一句話：「現在的海域不如昔日乾淨了，有太多外來的觀光客以及一些酒鬼溺死在海裏，他們都想找替死鬼。」孤獨的我站在潮間帶還真有些微的恐懼呢。然而，當我穿上潛水衣，決定潛水射魚時，惡靈是阻止不了我的。海，畢竟是我這一生的最愛。陣陣強風寒雨襲上心坎，望著幽暗的海面，想著海裏會有什麼樣的魚群，此使我內心高興。三年來，我已經習慣於一個人潛水射魚，除了興趣外，我真的很難形容自己游在海裏的那種興奮的心情。

我親吻自製的魚槍，說些只有自己與海神才明白的祈福詞，這樣的行為業已成為我入水前的例行課程。「海神，朋友來了。」之後便心安理得地游水。

冬季的海底景色一如陸地上發黃的茅草，放眼望穿冷清淒涼，了無生氣。一些小魚兒如花尾、鸚哥魚、金帶擬羊魚……等等我所熟悉的底棲魚或停游或驚慌逃走，或者鑽進岩礁縫。無論如何，這樣的魚類行為已經對我沒有一絲的吸引力，畢竟我是不射如手掌大小的魚的。我慢慢的潛入海裏，讓耳膜適應水壓並且浮在水中悠哉地往外海游。彼時，除了自然光外，冬季的海底實在沒有很大的魅力令人心曠神怡之美感，更無夏季陽光射穿海面形成千條萬絲的亮麗景觀，在一片起伏的堡礁裏穿梭著無數豔麗的熱帶魚，忽現忽沒，甚至有些小魚如眼睛大小般地在密集的珊瑚樹叢間上下跳躍，如此匯集成一個生機盈滿之奇景，在冬季是看不見的。

冷風寒雨肆虐的冬日，一陣一陣的強風橫掃洋面，灰色的海底世界是如此的神秘，灰色的神秘牽引著我灰色的心思。尚且溫暖的海水，稍稍提醒我仍是有生命的軀體。而浮在海面，強風吹得呼吸管發出口哨般的聲音。我注視著海底的魚，逡巡獵物。一尾單帶海鯡鯉陪伴一條約二公尺長的海蛇就在水底的海溝，我立刻彎著身子，頭下腳上地潛入水裏，魚槍瞄準著牠的頭。就在我射程之距離內，牠迅速的游開。但我不慌亂地直接潛入水底裏的礁石上，趴在那兒動也不動地等著牠的好奇心。四、五秒的時間，在我頭頂前方，五顏六色的魚兒逐漸逼近著我，最後就在我頭頂上方有規律的，或上或下的，刻意擺個向我挑釁的姿態，有的乾脆啄著我的槍頭企圖自殺，但那些勇敢的小魚根本就是我放棄的獵物。

此刻，單帶海鯡鯉察覺怪物猶如無生命的岩石動也不動的趴在海底時，牠便慢慢地朝我這兒來，而我長久潛水的關係，發黃的長髮也像海底的海藻任海流搖擺。牠來了，我的槍身隨著牠的移動而移動，就在百分之百的命中機率下，如鉛筆粗的鋼條，無聲的，也沒有水花的，準確地貫穿牠的頭部，牠連掙扎的機會都沒有。就在射出去那半秒，環繞在四周的小魚兒彷彿火焰般地爆裂，各自逃竄保命。當我慢慢的浮出的同時，牠們又在一定的距離停駐，看我這個比牠們大百倍的怪物升天。氣泡無數從我嘴裏冒出來，有些在頭頂，有些在身旁，如降落傘狀般的，有規律的與我同時浮出海面。把魚放進網袋，同時也忘記了家裏的兩個女人語中帶咒的話，游了十來分鐘，身體逐漸地感到舒暢，精神也爽快多了。稀少的魚兒便會想到夏天澈藍的海洋、夏季酷熱的陸地，便懷念冬天憂鬱淒涼的灰色汪洋。我，現在正和幽暗的海面相容，但觸覺不到她的荒涼。獨自在力馬拉邁海域浮潛，對我而言，是榮耀？抑或失意？是堅強？還是脆弱？是追求傳統的生存意志，或是逃避現實生活為賺錢所支配？我浮在海面，與海浪的升與降忽出忽沒，乍想，孩子的母親四方型的臉，有時是溫柔大方令我疼惜，懷孕卅個月，生出了三個小孩，她是未曾向貧窮妥協的，她的堅強真如懸崖邊的羅漢松一樣。而她的暴怒也正如我浮潛的地方向東游五、六十公尺駭浪一樣地令我畏懼。

在蘭嶼的東南和西北的岬角處的海域，在冬、夏兩季分得很清楚。若以此方位劃線的話，夏季吹西南季風時，南邊是洶海猛浪，而北邊正是湛藍的海，和煦的風；冬季颳著東北季風時，北邊是荒涼冷清剛猛波濤，南邊則是平浪灰暗。彼時是冬季，但我正在東南方的平浪與駭浪的交匯處。並且是下弦月的農曆廿八日，東邊的駭浪雖然兇猛地令人喪膽，望而生畏，但依我的經驗，現在正是滿潮，海流只有一點點，不會消耗太多體力的。我想，網袋裏已有兩、三尾的女人魚了，現在開始射些激流處的，較大尾的男人魚，如六棘鼻魚、多紋胡椒鯛、黑點石鯛，尤其是Ngicingit（鋸尾鯛）的底棲魚正值產卵的季節，此等魚比較笨，但需要潛入海底，在礁岩上身體不動的話，牠們便會成群地游近你身邊。惟一的困難是，而且最艱難的是，牠們遊憩的海域全在激流處，幽暗的洞穴，看來滿恐怖的。

我逐漸地游近東、西兩邊海流的交匯處，那兒有兩個從海底凸出水面的礁石。當駭浪拍擊浮出海面的礁石，宣洩的浪花泡沫僅停留在四周時，確定是海流平穩，當然，我根本不依此來做判斷，因用肉眼看著浮游生物或用肌膚的感覺也可以知道海流的強弱勁道，其次，亦為我熟悉的地方。

游著，繼續的游，只見海水很渾濁，如同灰色的天空一樣不為我所愛的水色。不多久，我已游到五、六級浪大的外圍了。此時，我就像翹翹板上的玩童，忽波峯忽波谷的找尋獵物，只有呼吸管在海面嗡嗡地，時強時弱的聲音陪伴我以及白色浮標的 Onon[2]。天色突然黑暗了，把頭抬出海面，仰望天空，一片烏厚的雲層恰在頭頂。就要降雨了。我想。駭浪實在很可怕，轟轟的宣洩聲此起彼落。但我不在乎，只注意海裏的魚。只見一群魚，黑色的，時而進洞穴，時而游出洞。我等著牠們再次進洞穴時，迅速地

2 Onon，指魚槍的尾柄系上一條十多吋的長線，以備和大魚拔河。

潛下去，沒幾秒一條約莫三斤重的琉球黑毛（男人魚）便放進了網袋，待我射到第二尾時，牠們游走了。

如彈珠大的雨滴，從天而降，落在頭上清涼的感覺恰似小女兒的甜言蜜語那樣的溫馨，那樣地讓我忘記憂鬱。在海底的視線漸漸模糊，因彈珠般大的雨以及被烏雲遮住的日光逐時逼近海平線。把兩條橡皮扣住鋼條，握住槍枝彈射柄，再次的尋找獵物。彼時，駭浪宣洩的泡沫不斷地淹沒我，如沙粒般的白點，千億粒的白點，模糊了視線，潛入水中企圖弄清視線。在水中，我仰望水面，除了雨水不斷滴落在海面的美景外，海流也把億萬個白點扭曲成水裏的龍捲海，好多好多的不規則的曲形狀，從海面上看來是無數個逆時鐘的小漩渦，俟海流稍弱時，她便解形。所以，我說：「海，是有生命的，有感情，溫柔的最佳情侶。」海中形形色色的奇景，唯有愛她的人才能享受其赤裸的豔麗與性感。

隨著即將宣洩的駭浪之壓力輕鬆地潛入水裏，尋找我要的魚。趴在礁石上，離我約二十公尺處有一群鋸尾鯛。牠們的顏色在海裏是深褐色的，但牠們的尾巴猶如手指般大的顏色是白色的，所以容易辨別。牠們真是瀟灑，優閒地慢慢靠近我，算來只有八、九尾，約莫五到六台斤的重量。「來吧！朋友。」我說，不知道這一群鋸尾鯛是否看過人類？牠們真的來，其中的一條可能就要在陸地上變成我招待客人的魚乾了。牠們真的逼近我，我憋住氣，再忍耐個三、四秒吧，我想。很清楚地，牠們已經在我的射程之內。選個最大尾的，瞬間壓住開關木柄，冰冷的鋼條無聲的，也無情地射穿牠的胸鰭上方半寸的部位，在千分之一秒的時間，牠們各自遁逃四方，又在一秒鐘內圍繞在被我射中的四周，乍看，彷彿是替友魚出殯似的。由於射到骨頭，令牠無法掙扎，鮮血不是紅色的，而是草綠色。

我趕緊把牠刺死裝進網裏。在這群鋸尾鯛尚未游走前再射個兩、三尾即可驕傲的回家，孝順家裏愛嘮叨又愛吃魚的母親與孩子的母親，還有那愛殺大魚的，我那八十歲的父親。我的興奮勝過不終止宣洩的海浪。幾年來，我已把自己的一些靈魂交給了海神，而心臟的跳動由自己來控制，我想。雨，依然下著；海，依舊兇猛，在此刻，我是孤獨的。在海裏非常地孤伶，而我的感覺是何等的舒暢。勇者，往往把最危險的狀況視為體驗人生最好、豐富生命最高的自我反省的機會。我像漂流木一樣忽現在波峯，忽沒在波谷。雨夾著強風落在發黃的發絲，彷彿小女兒吸吮著母親的奶水那樣令人亢奮。我抬頭望天，他的灰暗和海裏同樣陰沉，但美極了。

海浪從陸地上觀望，雖是很恐怖，像是要吞掉潮間帶所有生物似的，但她是外剛內柔。因海流平穩，並且海底的礁石與礁石間的縫隙又有我想要射的魚，內心是難以形容的喜悅。再潛兩三次吧，我說。Bob…Bob…Bob 射穿魚身的聲音。鋸尾魚散了又聚、聚了又散，不畏死的任我選擇。連續射了三條，身後的網袋已比先前重了很多。再射一條較大的吧，我想，而後回家。海水幽暗的把所有魚的顏色染成黑色，我僅依我的經驗和魚身之大小、游姿來區別魚之名字。再一條，我想，我不能貪到把現成所有的魚全射完，況且天已暗了，父母親鐵定擔心我的安危。把身體成倒立地潛入水中，趴在礁石上尋找獵物，不到二秒，嘴唇是一圈白色，而這白圈很大，發出微弱的銀光，哇……一群魚游過來，無數白圈的銀光緩緩地游過來。這群魚是我在冬天最喜歡射的魚，看來每一條都像我手臂這樣長的大魚。來吧，兄弟們，不多久整群魚就圍繞在我四周，選最大的，好美的聲音，Bob 射穿了一條，接著無情的鋼條又射穿另一條，好哇，我想。此刻是回家的時候了，剩餘的下次再來找牠們。兩條魚在鋼條上拚命地掙扎，槍頭的倒勾使牠們跑不掉。拿起插在鉛帶的十字鑽子，刺到牠們的眼睛，其生命便結束了。

這時候便加快蛙鞋遠離駭浪，游向靜如湖面的海域。我邊游邊看天色，彼時，正是入夜前的幾分鐘。我的呼吸加快，原先的驕傲，此刻逐漸因黑夜的籠罩而緊張了起來，想著，距我上岸的地方至少有八十公尺，越想越擔心，於是心臟的跳動更為激烈了，比我潛入時更為……。唉，怎麼辦，我是不畏懼惡靈的，因祂們業已習慣我在力馬拉麥海域潛水，我的靈魂是祂們的朋友。但最為我擔心的是，我那滿腦紋皆是惡靈影子的父母親。如果父親戴上藤盔，穿上藤甲的話，這是最嚴重的，認為入夜前家裏的男人去射魚還未回到家的話，那表示這男人有生命的危險，而且我又是一個人。這下子，怎麼辦？我如何向家人解釋？天黑了，當我上岸的時候，趕緊把潛具裝在袋子裏，魚背在背後。想著滿腦子全是惡靈影子的父母親，還有孩子的媽媽即將對我大發雷霆時，更令我惶恐。抽根菸緩和自己的心情，同時用打火機照明腕錶，確實是入夜的六點鐘了。我安慰自己說：「我已是為人之父，自己早有能力照顧自己的安危，在海裏。」

車燈照亮返家的路，感覺如同在海裏一樣地孤伶伶。寒雨、強風此刻尚未停止，億萬落下的雨絲在車燈照射下模糊了我的視線，也模糊我的心情，雖然是豐收。在曲折的道路上，看到了燈光的移動，在吉樂朋的平路上相遇，汽車後邊跟著一台機車，速度很快。這時，我的眼睛被逆來的強光所刺，於是停下來讓路給車走。汽車瞬間地煞住，裏頭傳來一句話，說：「在這兒，孫子的父親。」是叔父夾些微怒的聲音。我明白我是錯了，不該在夜黑後回家，堂哥開車，神情顯得不安，機車是二堂哥與表姐夫。他們都穿上了驅除惡靈的頭盔與盔甲，這樣的穿著絕對是來找我的。這使我更為緊張，於是一語不發的加速車子往前衝，逃避親戚們在馬路上的盤問。

黑夜的路格外的寧靜，我的心情格外之複雜。此刻，父親、叔父、堂哥們看到我之後，是否心安了呢？我的愛海徒增家人的困擾，我在孩子的心目中，除了會潛水射魚外，是否有其他的價值？愛吃魚的太太會詛咒我的漁獲？還有……不知不覺中自己剛剛在海底神勇的表現，這時逐漸成了我在黑夜的路途中最沉重的負擔。我明白，在達悟民族的觀念，父母親仍健在的中年人，而且是潛水射魚的人，要遵守夕陽落海前要回到家的不成文的習俗，其次，避免單獨一人去射殺特大的魚。前者之意為，不幸在海裏溺死是白髮送黑髮的悲劇，後者是，孩子給父母親送終的厚禮，是詛咒父母逝去的隱喻。

我的憂慮是前者，也是我家人萬分焦灼的原因。雖然自己明白父母親的嘮叨，也非常瞭解自己在海裏之體能與經驗。這一點並不重要，重要的是家人不瞭解我愛海的程度，愛到家裏的生活費、小孩子的零用錢都不去理會，且拒絕上班。想著這些事情，這些人，想著自己在外求學的過程中，回到蘭嶼未增添家裏的經濟收入，反而天天與海為伴。唉！是雨還是淚呢？應該是眼淚逕自地流了下來，當我抵達家裏的時候。

機車的聲音停熄了，慢慢地把裝滿很多魚的網袋卸下，神情像是被惡靈詛咒的小孩，不知如何是好。我想進屋拿刀殺魚，拿燈泡照明，我的孩子的母親也像被詛咒似的暴怒，說:「媽媽已在屋子的後邊為你念咒死亡悲歌，去跟媽說:『你復活了』。」我心裏的怒火即將爆裂，拭去眼角的淚水，拿刀取燈線。這時屋裏有大姊、大哥、二哥、二嫂，還有表姊，個個皆愁眉苦臉的像是喪子的痛苦樣。我沒有問候他們，因我也很氣憤。

「你沒眼睛嗎？為何不問候哥哥們？」我的女人再次的暴怒責罵我。我是錯了，不該那麼貪心，搞得家族忐忑不安，但仍拒絕回答及問候。二哥走出來幫我弄燈，當燈照明我的漁獲時，他說：「就知道你遇到這些魚群，不過，你單獨一人，這樣的行為是『貪』呀，我的弟弟。」我沒回答二哥的話，但他走進屋裏發表消息。

他向屋裏的人說：「弟弟射了八條鋸尾魚、四條六棘鼻魚、二條白毛，還有一些鸚哥魚……。」二哥和我感情很好，知道我不會討厭他，因此也拿刀子幫我殺魚。屋裏的人，在這個時候都在勸我的情人，少對潛水射魚的先生發怒，尤其是男人要出海之前，這是我們達悟民族的女人該遵守的習俗。

「你去沖淡水澡，我來殺魚。」哥哥說。我看看二哥的表情，我內心深處的灰暗，此刻重新燃起些微之驕傲曙光。「要不要切生魚片？」二哥說，只有吃生魚片，我的兒子才會坐在身旁，何樂而不為呢。我點頭示好。七旬又八的母親，在屋子後院空地，還真的在念些臭罵惡靈取走我性命，哀怨悽楚，悲涼的語句，並且還不斷地放聲嚎哭。我聽了又恨又氣，還真像是我離開似的。

「你念什麼念呀，弟弟回來了，停止你滿是惡靈咒語的嘴巴啊，伊那。」大姐氣憤地說。媽媽停止發瘋了，但我的思維並沒有歇息悲哀。我不想生媽媽的氣，也不曾為她大發雷霆。畢竟，每到冬天，她的氣喘病令她整夜咳得不能入眠，只有白天的溫度上升時，才會咳得較少，也是母親能夠睡覺的時間。她是愛我才如此的，而我因為愛她，因為愛海底裏的形形色色的魚，所以想射些漂亮的魚給她吃。親情之愛，人之常情，但……也許我更深地愛

「海」。

七嘴八舌的音彷彿波峯與浪谷拍擊礁岸的旋律充斥在客廳裏，想來，找我的那批人進屋了。他們開始講故事，今天發生的事以及古老的、近代的、達悟人自編的、自己經歷的故事。我不敢打擾他們說故事的興致，至少是如此。男人們開始說些達悟男人與海洋的關係，女人們則在一旁或聽、或說也屬於她們的故事。由於我平安的回來，原來十分低沉的氣氛，正逐漸地冉升喜氣。忽然間，嘈雜的聲音消失了，大家靜聽著某人說個精彩的故事。我一猜，便知是父親在說話，他不僅很會說故事，而且善於製造莊嚴的氣氛，聲音之忽高忽低，又比手劃腳的極其豐富的達悟語詞彙和海洋一樣深奧，加上叔父的加油添料，使得原來愁眉不展的、低沉的氣象有了曙光般的溫柔，也有了溫馨的笑聲。彼時，我的緊張和被長輩們教訓的恐懼猶如雨水被大地吸釋之後，變得平靜了。

算算客廳裏的親戚共有十多人。孩子們驚訝家裏為何來了這麼多的人。小女兒跑過來讓我抱，她晶晶亮麗的雙眸溫暖我冰冷的胸膛。坐在三堂哥的旁邊，想問些他在台灣的近況，但他並未回答我的話。反而說：「很抱歉，我被父親逼得一定要開車找你，下回，希望不要被海裏的魚誘惑，在日落前回家。」「其實，你不說我也明白。」我低著頭說。

一尾六、七斤重的六棘鼻魚被二哥切成生魚片放在男人們圍成圓圈的地板後，二堂哥便把預藏好的酒拿出來，開始談起了達悟男人的海。除了三堂哥在台灣太久而不會潛水外，客廳裏的男人在被二杯酒灌肚取暖的同時，紛紛地要求我說一遍今天的故事。小女兒熟睡在懷裏，心臟的跳動和海洋的波浪一樣地有堅強的生命力，威士忌自嘴角如小拇指指甲大的酒珠，滴落在她光滑的臉龐，我輕輕地擦拭，看著熟睡的她，說：「謝謝大家的關心。」父親失去了先前比手劃腳的熱情樣。叔父盯著盤子裏的生魚片，舉著杯子又向我微笑。叔父這樣的動作，看來是不會加入「審判團」的。但一些女人的表情，如大姐、表姐、孩子的母親就對我沒那麼友善。就像外面的強風寒雨一樣，不停止她們的抱怨，這些女人是愛吃魚的，從她們的祖先開始就有的習慣，男人就是要供給她們各種漂亮的女人魚，她們為何……我在想。

人們的聲音突然沉靜，人們的眼睛同時往外望。叔父、父親同聲的說：「哥哥，來屋裏坐。」伯父並沒有立刻回答二個弟弟的話，但直接問道：「孫子的父親在哪兒呀！」語氣剛強夾著更憤怒的音調。叔父讓位給他坐。「伯父，您好。」我孬種的音律表示認錯。伯父的丁字褲很髒，弓曲的雙膝……。接著說，我知道伯父開始訓我了：

「孫子的父親，我的腳已經死亡了（殘廢），竹子被我折斷的不知有多少，我的腳掌壓著陸地，我的手杖刺著陸地，在路途中我休息不走好幾回，但不想回家，我繼續的走，雨繼續的落下。我在流淚，我為何流淚？我問自己，你的大堂哥原本就令我不要來，但他戴上籐盔、籐甲，只因在落日前，你還沒出現。我要怎麼說呢，孩子，我已經是不能走路的老人了，我來，是因為入夜之後，你母親哭求著我：『好好教訓他』（伯父此刻流著苦澀的淚水），可是，我如何教訓你呢？其實，我是不會教訓你、臭罵你一頓的，因為我，你父親，我們在你這個年紀時，也經常在黑夜之後才到家的，但你的祖父母早已過世。我們三兄弟仍健在，孩子呀，從你回來之後，你愛射魚潛水，我們很高興，但你黑夜回家是要讓我們這些老人家哭乾晚年的淚水呀！當我們離開人間，你可為所欲為，但你愛潛水射魚不要成為我們三兄弟的負擔，死亡的咒符喪鐘，讓我們這些老人先來吧，孩子……。」

「魚，真的那麼好吃嗎？為何要讓我們這些老人為你勞累……」嬸嬸在外頭撐傘怒視著我說。

我已經是個殘廢的老人
行動笨拙的人呀
小蘭嶼的海浪不曾威脅
我前往潛水射魚的慾望
激流駭浪不曾消耗
我潛水射魚的體力
海底裏的怪物不會令我恐懼
我已經是孫子的祖父了
洶濤駭浪的無情

有誰不怕呀
澈藍碧海連天一色
有誰不愛呀
但
孩子呀，用你的智慧愛
我們這些老人呀

伯父吟唱詩歌的神情是神聖的，令我們在場的人百感交集。這首詩是為我作的，這是叮嚀，原則上，在達悟民族的習慣是由我來回答，用詩歌的形式，但我父親代我回他哥哥的話。

我望海嚎哭呀，哥哥
不好意思　也十分的抱歉
孫子的父親
令我們哭泣了四、五次
如何教訓呢，我親愛的哥哥
沒有人會打敗我們的年歲（我們是最年長的人了）
唯有孫子的父親
在我們的海裏挫折了我們
海呀　海呀　是伴我們成長的呀
我的眼淚無能遏阻
孩子愛海的興趣
黑夜和波浪不曾失敗

哥哥，真不好意思
我們只能望海觀海
汪洋曾經是我們成為英雄的夥伴
更豐富了我們的智慧
體驗生命的內容
讓我們休息呀，哥哥

父親、伯父、叔父拭去紋溝內的淚水，我用一杯酒壓住內心的疼痛及欲奔流的眼淚。父親三兄弟不曾叱責我過，他們是用內心平靜的語言來啟迪我。我深深地愛著他們，客廳裏很沉靜，外頭也很陰沉。這樣的氣氛是我造成的，接下來，我說了一些簡短表示懺悔的話。叔父小父親十一歲，小伯父十五歲，這個時候他扮演著調酒師的角色，問起他兩個哥哥，說：「二位哥哥，在吉樂朋那兒，你們一起射魚，結果大哥的魚槍被 Awo（梭魚）搶走，當時的情形如何，你們說說看。」伯父和父親四眼對看，他們笑了起來，所有的人也跟著笑了。伯父說，事情是這樣的：

那是夏季的某一天，炎陽高照，海天一色，風浪平靜的把部落的人都趕到海邊。我和大弟當時差不多與夏曼・藍波安一樣年輕，兄弟二人一起潛水射魚，當時魚很多，所以我們只挑選好魚，游到下午時，我看到一條浮在水中的大魚，牠逐漸靠近我。大弟在旁說：「一起射，比較好。」我們慢慢地潛，大魚和我們平行時，在射程之內按下開關的木柄，鐵柱咻……地直射穿大魚胸鰭上方的部位。大弟來不及補射一槍，我的魚槍便被大魚搶走。彼時，我們浮出水面換氣。弟弟二話不說，便循著那條銀白色的大魚往外海追。他換氣，我注視著那條魚，同樣地，我換氣，弟弟追魚。牠累了，我們也累了，但在這個時候早已看不到海底，只有銀白色的牠在水中翻來覆去，海底像是無底的深淵令人害怕萬分。當時我們年輕，膽量又大，而且做好一支魚槍要浪費很多時間，我們想。大魚逐漸軟弱了，血不斷地流。深度大約在十五、六噚時，弟弟衝動的便潛下去欲補一槍，我在水面看著弟弟的腳掌越來越小了。大魚不斷地在掙扎，忽深忽淺。正值壯年的弟弟，迅速的補上一槍。我看著他和大魚拚鬥，於是立刻潛入水中。弟弟由下往上望，一個手掌，一雙腳掌抓住海裏的魚企圖浮上水面，當我抓捉被大魚拉走的槍時，大魚已耗盡能量。彼時，我們就稍微輕鬆的把魚拉上海面，呼……的長音，吐出胸膛裏餘氣，換口新鮮的，哇！捉到了。我們的興奮難以言喻，但當我們望著陸地時，那真的很遙遠很遙遠啊！（按現在的演算法而言，大約離陸地一公里半左右，在那兒射魚，我們離陸地礁岩約莫五十公尺遠而已）怎麼游得到陸地？我看著弟弟，無論如何，非得游回岸。那時候，鯊魚很多，深怕大魚流出的血腥會被鯊魚嗅覺，無論多遠依然可游回岸，但真有鯊魚的話，我們怎麼辦？幸好，我們平安地游回岸上。雙腿很累很累，這個時候，我們清楚地看到這條 Awo 跟我一般長（高，一米六〇左右)「哇!好大的魚。」我們說。

故事說完,老人家總有詩歌來吟誦當時的心情與搏鬥、掙扎的過程。說到這兒,大伯的笑容淹沒了黑夜寂沉的荒涼,好戲就要開始搬上思維的影幕,在我們生活四周的海域,對於我這「黑夜歸家的男人」的叱責便完全地消失了。叔父看著我,微笑總是在老人家的臉上露出很多很多的思考。對我而言,他說:「夏曼,你今天射幾尾六棘鼻魚、鋸尾魚呢?」我舉起酒杯,說:「八尾鋸尾魚、四尾六棘鼻魚,還有……」他的微笑是我的成就。畢竟,現在蘭嶼島的魚量正加速銳減,而我射的魚,叔父瞭解的,只有海流湍急的地方才有。接著又說:「我們三兄弟,年紀已很大了,我可以說大話;以前,我這兩個哥哥是潛水高手,全島的族人沒有幾個能超越他倆。而你們幾位堂兄弟承繼了這樣的遺傳基因,也都很會潛水。所以,我的要求是,在下午時段不可單獨浮潛射魚,其次,射到大魚不可驕傲。散播自己在潛水方面的能力,只有謙虛才會博得族人的尊敬。」

「海,是一首唱不完的詩歌,波波的浪濤是不斷編織悲劇的兇手,但亦為養育我們的慈父。我們愛祂,但不瞭解祂。『夜歸的男人』是釀成悲劇的前奏,我們三兄弟,還有哪種魚沒有捉過、吃過呢?但不吃用生命作賭注射回來孝敬我們的魚。我如此說,因為我已經是為人之祖父的老人。」

是的，我的父親、叔伯們都老了，三兄弟，因我的夜歸令他們提心吊膽，傷心落淚。在寒風深冬聽完他們給予我的訓示，傾聽他們在海上乘著自己的刳木舟與惡劣天氣、駭浪攀天的驚險之故事，我們這些晚輩不由得由衷敬佩自己的父輩。三兄弟坐在一起是一幕活的歷史，他們不斷地回憶往昔的苦難、成長、美好的有趣的事。叔父不停地求他的兩個哥哥講些在飛魚季節夜航到小蘭嶼的事情，故事說到精彩驚險的部分時，父親們便低著頭吟誦詩歌。昔日與大海搏鬥的英雄影像如今已不再重演在汪洋的波濤上，換來的是深沉荒涼的音色迅速飛逝，但無損於父親堅韌的氣質。他們一首接一首的唱，是那麼的動聽，試圖喚醒熟睡的兒子。他們的表情，他們的故事，他們的思想，無一不在震盪「夜歸的男人」的心，我偷偷拭去眼角的水滴。我，為何淌著淚呢？

好久好久的時間，屋裏所有的人浸淫在父親們動聽的故事和歌聲裏，也讓枯坐在外頭、拒絕進屋的母親停止抽噎。深夜的部落靜謐得令人感傷，而陣陣的東北季風像是惡靈咆哮的肆虐聲，未曾停息。叔父熟練的動作扶著大伯走出門外，說：「真不好意思，你是我們最愛海的孩子，別跟大海……我們已經是沒用處的老人。願你明白我們的話，祝福你。」影子和身軀消失在看不到的地方，而我能說些什麼呢？此時，親戚們個個縮短頸子一一和我道別。矮小的大堂哥於是說：「弟弟，別跟大海逞強，有那麼一天祖靈會拋棄你的，在波浪下。」

是的，我會被抱走靈魂，但我感傷的是，原來在海底的英雄表現，且自稱為「海底獨夫」的我，在親戚的嘴角沒有半句是歌頌我的。雖然不是覺得難過，但總有些悶在裏頭。我的親密愛人的憤怒如同剛才騎車來去打魚時一樣的令我討厭。躲在涼亭，雨下不到的角落望著寒夜的海，把身體裝進睡袋裏，坐下來聽風雨聲。

屋內傳來親密愛人的聲音，說：

「去台灣做工算啦，家裏沒錢用。」

「你的頭腦裏全是海的影子嗎？」

「你潛水射魚的驕傲，只讓全家人提心吊膽，忐忑不安，海，怎麼可能給你財富呢？」

「從台灣到蘭嶼，窮還未離開你？」

「你是海底獨夫，更是陸地上貪婪的懦夫……」

女人在抽噎，傷心家裏沒有錢用，孩子們沒零用錢……我現在感覺好冷好睏，雨絲不斷被風吹落在我黝黑的臉上，我不知道在想什麼，甚至想說些什麼來安慰親密的愛人。涼臺下面的另一個女人——我的母親，她不停的在咳，咳得我心絞痛。媽添些乾柴在紅焰的餘炭上，並用我丟棄的稿紙燃著小火苗。火，逐漸燃紅乾柴，但……仍在咳，一咳就是一分多鐘，咳完一段便詛咒惡靈，為何不遠離她。兩個我敬愛的女人，今天都要求我遠離海洋到台灣做工。我在想些，想些我腦海裏的東西，不想還好，一想全是海底的景物，全是魚的影子。我試著不去思想，但……。

屋內又傳來如同深夜的憂鬱，但很溫柔的聲音，說：

「夏曼，你到臺灣念書追求的真理是，回來潛水捉魚？貢獻你所學、所看的給蘭嶼的孩子吧！」

「想想，那些從臺灣念書回來的朋友都在當老師，當公務人員，他們都已在臺灣買了房子，多光榮啊！」

「他們的生活多好呀，白天教書，晚上喝酒談天，寒暑假又有薪餉可領，你呢，一無所有。」

「你究竟在想些什麼呀，我們的生活費只靠一個人賺怎麼行？」

「孩子們慢慢長大了，將來的教育經費從哪兒來呀，孩子們會以窮光蛋的父親為榮嗎？」

「去找個工作上班，你晚上依然可以潛水射魚、捉龍蝦賣錢呀！」

「家裏有錢用，我就不會吵你看書、寫作的。」

這一陣子有很多關心我的朋友問道，假如你去念師大回來教書的話，你現在應該是蠻有錢的人了。如果依據常規推理，我應該是有錢的，但不會認識你們這些關心原住民事務的好朋友，我的處境也如同現在的達悟族的老師一樣，「只關心自己的事務」，沒有大風大浪的平靜生活。想著，近二、三十年來，臺灣政府不知培育多少個原住民的教師、醫生，並分散於原住民的部落、社區服務。這些朋友都因為是「山地同胞」、「平地山胞」的特殊身分方有今天的地位，如果沒有保送，究竟會有幾位靠實力考上呢？

四十幾年來，原住民民族集體利益不曾被納入國家立法政策的議題，是件悲哀的事情；但是甚於此的是，原住民知青並未團結起來，扮演維護集體利益的第一道防線，悲呀，我以為追求理想會隨著時間而提升，但也會隨時間而墮落、瓦解。可是至少得去嘗試掙扎，使自己感到活得有意義，有尊嚴啊。說真格的，我在懵懂年歲拒絕保送不是放棄前途或自以為是的心態；而是唾棄沿用漢人一言堂式的教育制度重複刺傷自己民族的下一代，是「以夷制夷」的共犯，如此之惡名，我的尊榮如同不曾存在，我的思想萌芽於達悟族的土地上，雖然追求無影的理想到後來是個標準的悲劇人物，但我在海裏的感觸以及她賜給我的生命真諦，比我家產萬貫更有價值。並且因為與海洋搏鬥的關係，發現人的生命在急流，在波峯浪谷間是多麼的脆弱！如此之體驗使蟄伏在胸膛的鬥志不敢稍減。有充裕的經濟收入，便無從體會窮人、弱勢民族心中的需求，用貧窮來充實我們的生活，用新鮮的魚湯養育成長中的孩子，捉上等的好魚孝敬八十來歲的父母。假如上帝不會眷顧我們的話，至少我們不該輕視自己，以達悟族為恥。我親密的愛人，明白我的話嗎？我說。

美麗的她，回答說：「你不進屋睡嗎？」

「沒關係，我在涼臺想些事。」孩子的母親停止飲泣了，也暫停熄掉因貧窮衍生的苦惱。但母親的咳聲還繼續著，咳得我心好疼好疼。我從涼臺的縫隙看著她在煮魚湯，入夜時，拒絕吃的魚。三粒芋頭放在旁邊，好好吃的魚，我突然餓了起來。可是無膽打擾她優雅的、滿足的吃相。一鍋湯喝完了，咳聲也漸漸的微弱，我像呆子一樣為自己的糗樣含笑。

母親把臉朝向赤紅的木炭，好使溫火之餘光溫暖她冰涼的臉，好好睡吧，依那。路燈的光漸漸的弱了起來，厚實的烏雲依然籠罩在八代灣的上空，海平線隱隱約約的浮現。其實達悟是很幸福的民族，早晨起床的第一件事，就是看海，但四十多年來我們民族的幸福逐時地被「惡靈」吞噬，被建造「惡靈」的財團阻擋享受幸福的康莊大道。

黎明時分，我感到疲憊的快樂。海，依舊是那麼地令我亢奮。下午，我依舊要去潛水射魚，可是，不當「夜歸的潛水夫」，因惡靈越來越多了。

「藍波安、娃娃該上學了。」我愉快地喚醒孩子們。

「哥哥的數學考卷和我一樣都是卅多分，今天下午放學後，你要在家裏幫我們溫習啊，不准去射魚哦！」大女兒揉著剛睡醒的眼睛說。

「好的，爸爸幫你們複習考卷。然後，晚上爸爸去捉龍蝦給你們吃，好嗎？」

「按照你啦，爸爸。」兒子說。

孩子們的母親抱著小女兒也在看海，說：

「好淒涼的天氣，好沉寂的海啊⋯⋯。」

「是的，好冷的感覺。」

——原載 1997 年 1 月，《聯合文學》147 期

作品導讀

本文筆觸細膩溫暖，視野遼闊，作者身為原住民知識青年，為尋覓自我母族文化的出路，回到蘭嶼。從捕飛魚、造船、潛水的生活中，重新學習達悟人（雅美族人）的傳統技能，和族人的文化模式，並親身體驗海洋帶來的生命力。作為一個熱愛海洋的作家，夏曼試圖找出達悟族人身處現代社會與傳統文化間的矛盾與衝突，彌補自我多年來的文化斷層。

文中敘述句句不離「海洋」本色，熱愛海洋的夏曼回到世居所在，為追求看似遙不可及的理想，將自己的黃金歲月奉獻給海洋勞動，但無法獲得妻子諒解的無奈感受，與貧窮帶來的困窘氣氛，使淒涼、沉寂的冷風冷海，成為行旅故鄉的孤獨基調。因為感懷父親的教誨，因為身為一位達悟人的自尊，因為海造就了民族，作者即使身陷在現代化社會與傳統文化價值之間掙扎，仍試圖藉由實際生活參與，亦即回歸、尋覓與反思的歷程，重新與大自然連結交融，找到生命的真諦。

其實你我身上，又何嘗不曾存在自我尋根與文化認同的問題，只是穿梭城市的匆促身影，無暇亦無心思索，泰半時間，只由著物資需求牽引，狹化生活空間與自然經驗。因此本文不僅是從海洋的角度，更是從人生的視野出發，破浪前行，沉靜內斂的文字風格，與深刻執著的文化信仰，透顯難得的真摯赤誠。

當深情泅泳於冷海，熱度不減，光燦不減，蘭嶼島、達悟族的身影與風姿，始終與海洋共生共舞，不曾停止。

（王秋文）

延伸閱讀

一、楊政源：〈試論《冷海情深》（1992-1997）時期夏曼・藍波安的文化策略〉，《東吳中文學報》，2008 年 11 月，頁 181-200。

二、許雅筑：〈傳統與現代——原住民作家夏曼・藍波安的地誌書寫與對話〉，《臺灣文學研究學報》，2008 年 4 月，頁 103-128。

三、紀俊龍：〈生活的文學——夏曼・藍波安文學創作中的生活展現〉，《弘光人文社會學報》第 2 期，2005 年 3 月，頁 1-21。

四、陳建忠：〈部落文化重建與文學生產——以夏曼・藍波安為例談原住民文學發展〉，《靜宜人文學報》第 18 期，2003 年 7 月，頁 193-208。

五、張瑞芬：〈筆與槳的方向——夏日讀夏曼・藍波安「海浪的記憶」〉，《聯合文學》，2002 年 9 月，頁 159-163。

國家圖書館出版品預行編目資料

閱讀鄉土散文 ／ 余崇生主編. -- 初版. -- 臺北市：萬卷樓, 2010.11

面； 公分

ISBN 978－957－739－696－9 (平裝)

863.55 99022143

閱讀鄉土散文

主　　編：余崇生
編　　輯：王秋文 林均珈 李威侃
發 行 人：陳滿銘
出 版 者：萬卷樓圖書股份有限公司
臺北市羅斯福路二段 41 號 6 樓之 3
電話(02)23216565．23952992
傳真(02)23944113
劃撥帳號 15624015
出版登記證：新聞局局版臺業字第 5655 號
網　　址：http://www.wanjuan.com.tw
E－mail ：wanjuan@seed.net.tw
承印廠商 ：中茂分色製版印刷事業股份有限公司
定　　價 ：300 元
出版日期 ：2011 年 1 月初版

ISBN：978－957－739－696－9